शहर के नाम

कहानी-संग्रह

शहर के नाम

मृदुला गर्ग

वाणी प्रकाशन ग्रुप
भारतीय ज्ञानपीठ
वाणी प्रकाशन : भारतीय ज्ञानपीठ की पुस्तकों के एकमात्र प्रकाशक एवं वितरक
Email : sales@vaniprakashan.in

सजिल्द पहला संस्करण : 1990
सजिल्द दूसरा संस्करण : 2000
सजिल्द तीसरा संस्करण : 2009
सजिल्द चौथा संस्करण : 2024

लोकोदय ग्रन्थमाला : ग्रन्थांक 502

प्रकाशक
वाणी प्रकाशन ग्रुप
4695, 21-ए, दरियागंज, नयी दिल्ली-110 002
फ़ोन : 011-23273167, 23275710
ईमेल : sales@vaniprakashan.in

ISBN : 978-93-5775-831-4 (N)
978-81-263-1659-5 (O)

शहर के नाम
(कहानी-संग्रह)
मृदुला गर्ग

SHAHAR KE NAAM
(Short Stories)
by Mridula Garg

मुद्रक : आर. टेक ऑफ़सेट प्रिंटर्स, दिल्ली-110 032

आवरण : पुष्पकणा मुखर्जी

Price : INR. 395

अचला को

हर साँस के साथ

अपनी सृजन-प्रक्रिया के बारे में बात करने से मैं कतराती रही हूँ। मुझे लगता है यह प्रक्रिया मेरे जन्म से शुरू होकर अब तक निरन्तर चली आ रही है, इसलिए इसे मैं कुछ एक क्षणों के बीच बाँधकर, सृजन-प्रक्रिया की संज्ञा नहीं दे सकती। फिर भी इस जीवन-व्यापी प्रक्रिया को जानना ज़रूरी है, रचना के आधार को समझने के लिए। सबसे ज़्यादा शायद ख़ुद मेरे लिए। इतना मैं जानती हूँ कि आये दिन, मैं उत्कट अनुभवों से गुज़रती हूँ और उनसे उत्पन्न सृजन-प्रक्रिया निरन्तर चलती रहती है। पर अनुभूति, कृति में कैसे बदलती है, यह जानने का प्रयास भी कर देखें।

मेरे लिए उत्कट अनुभव, कृति का आधार केवल उसी तरह है, जिस तरह वृक्ष का आधार बीज माना जा सकता है। बीज को यदि उर्वर भूमि न मिले, सूर्य का प्रकाश और जल उपलब्ध न हो तो वह सदा-सदा के लिए सूखा बीज बना पड़ा रहेगा। उसी प्रकार अनुभव को मानवीय अन्तरात्मा की भूमि न मिले, संवेदनात्मक ज्ञान का जल न सींचे और सबसे बढ़कर कल्पना के सूर्य का प्रकाश उत्प्रेरक न बने तो गीले कपड़े में बँधी मूँग की तरह, वह अंकुरित तो हो जाएगा पर दो-चार दिन के अन्दर सड़ जाएगा। पौधे की तरह विकसित नहीं होगा। यूँ तो जीवन में सैकड़ों अनुभव होते हैं पर कहानी या उपन्यास का आधार कुछ ही बन पाते हैं। ज़्यादातर समय के साथ धुँधले पड़ते जाते हैं और कालान्तर में हम उन्हें भूल जाते हैं। या वे मात्र घटनाएँ बनकर हमारी स्मृति में शेष रहते हैं। ऐसे अनुभवों को हम क़िस्सों की तरह सुना सकते हैं पर उनसे कहानी या उपन्यास का प्रस्फुटन नहीं कर सकते। पर कुछ अनुभव ऐसे भी होते हैं, जो केवल घटना बनकर नहीं घटते। अपने पर्यावरण के पूरे रंग, रूप, गन्ध, स्वर सहित हमारी चेतना में प्रवेश पाते हैं। समय के साथ धुँधले पड़ने के बजाय अधिक समृद्ध होते रहते हैं। पूरी प्रक्रिया से गुज़रने के बाद, नितान्त वैयक्तिक और असंगत अनुभव भी निर्वैयक्तिक और सोद्देश्य बन सकता है।

अनुभव को समृद्ध बनाने में तीन मूल संवेदन शक्तियाँ काम करती हैं। पहली है स्मृति। विगत में हुए अनुभवों की स्मृति नये अनुभव से आ मिलती है। अनुभूति की सीमा रेखा कहीं सिकुड़ती है तो कहीं फैल जाती है। वैज्ञानिकों के अनुसार, मानव स्मृति एक अद्‌भुत संग्रहालय है। उसमें अनेकानेक ऐसे तथ्य समाहित रहते हैं जिनका हम सचेत रूप से पुनः स्मरण नहीं करते। बचपन के जिस काल को हम 'होश सँभालने के पहले' की संज्ञा देते हैं, उनकी अनेक सूक्ष्म और तीव्र अनुभूतियाँ हमारे स्मृति-संग्रहालय में संचित रहती हैं। शायद 'होश सँभालने के बाद' का उत्कट-से-उत्कट अनुभव भी चेतन मन की अर्धविस्मृत, पर अवचेतन की जीवन्त स्मृतियों की पीड़ा को स्पर्श नहीं कर सकता। हाँ, उनसे समृद्ध होकर नयी पीड़ा को जन्म अवश्य देता है। जहाँ स्मृति का मन्थन मूल अनुभव का रूप इतना विकसित कर देता है कि वह अपनी व्यापकता में सर्वथा भिन्न या न पहचानने योग्य बन जाता है, यानी स्मृति में परिमार्जित अनुभूति, मूल अनुभव से अधिक उत्कट प्रतीत होने लगती है; वहाँ मेरे लिए उपन्यास का सूत्रपात होता है। इसके विपरीत जब स्मृति से छनकर आने पर भी, अनुभव अपने मूल रूप में अधिक उत्कट और पारदर्शी बना रहता है, वह कहानी का रूप लेता है। हो सकता है औरों का अनुभव इससे भिन्न हो।

स्मृति के साथ दूसरी संवेदन शक्ति, जो मुझे स्पन्दित करती है, वह है, कल्पना। घटित को जब-जब मैं पुनः स्मरण करती हूँ, उसके रंग-रूप-स्वर-गन्ध को कल्पना नये-नये रस-रंग-आकार से पूरित करती चलती है। मैं अनुभव को **'जो घटा'** के रूप में न याद रखकर, 'जो घट सकता था' के रूप में याद करने लगती हूँ। सृजनशील कल्पना तो रचनाकार का स्वभावगत धर्म है। उसी से सौन्दर्य की अनुभूति होती है और रचनाकार का अनुभव वैयक्तिक न रहकर सार्वभौमिक बन जाता है। पाठक उसमें सम्मिलित हो जाता है। अर्थात् कल्पना वह उत्प्रेरक है, जो कृतिकार के वैयक्तिक और साधारण अनुभव को सौन्दर्य के अनुभव का वाहक बना देती है। और ज़ाहिर है कि उसके बग़ैर कृति का जन्म सम्भव नहीं है।

तीसरी शक्ति है वांछा। यहाँ अनुभव में एक और सूक्ष्म परिवर्तन आता है। अब मैं उसे केवल 'जो घट सकता था' के रूप में नहीं देखती, बल्कि उससे आगे बढ़कर 'जो घटना चाहिए' के रूप में देखने लगती हूँ। अपने सम्पूर्ण जीवनकाल के अनुभव, अध्ययन, भावात्मक संवेदना और बौद्धिक आकलन द्वारा, हम एक निजी या विशिष्ट जीवन दृष्टि अर्जित करते हैं। हर नये अनुभव को भोग लेने पर, हम इसी जीवन-दृष्टि से उसे

देखते-परखते और आत्मसात करते हैं। कल्पना द्वारा समृद्ध अनुभव और पूर्वसंचित जीवन-दृष्टि की परस्पर क्रिया-प्रतिक्रिया से हमारे मानस में एक नये वांछित संसार की संरचना होती है। जो जीवन के समानान्तर तो चलता है पर उसकी सीमा-बिन्दुओं के बीच बँधा नहीं रहता। अपनी यात्रा में उससे बहुत आगे निकल जाता है। वास्तविक संसार अपने देश-काल के यथार्थ की परिधि में बँधा रहता है। रचना संसार इस यथार्थ को अपने में समाहित कर लेने के बाद, इन परिधियों को लाँघ जाता है। और एक नहीं अनेक दिशाओं में विस्तीर्ण होता है। इस प्रकार जब वास्तविक अनुभव वांछित अनुभव में परिवर्तित हो जाता है तो मेरे लिए साहित्यिक कृति को शब्दबद्ध करने की प्रक्रिया आरम्भ होती है।

इस प्रक्रिया में जो था, जो है, जो हो सकता है और जो होना चाहिए, चारों के बीच सामंजस्य स्थापित हो जाता है। जैसे ही वांछित अनुभव को शब्दबद्ध करना आरम्भ करती हूँ, मेरे जीवन और जीवन-दृष्टि से उत्पन्न अनेक पात्र लेखनी से शब्द छीन, अपनी जीवन लीला शुरू कर देते हैं।

प्रत्येक पात्र के विकास का एक स्वभावगत तर्क होता है, जो उसकी गति और दिशा को निर्धारित करता है। यह तर्क उसे मेरी भावात्मक संवेदना और जीवन-दृष्टि के समन्वय से बनी मानवीय चेतना से प्राप्त होता है। पर वह बौद्धिक न होकर पराबौद्धिक होता है।

ऐसा नहीं है कि लेखक का कोई उद्देश्य नहीं होता। बल्कि सच कहें तो उद्देश्यहीन व्यक्ति सृजनशील हो ही नहीं सकता। अनुभव को पूरे पर्यावरण के सन्दर्भ में, उत्कटता से वही व्यक्ति सम्प्रेषित कर सकता है जो अपने देश काल के विरोधाभासों को तीव्रता से महसूस करता हो। और ऐसा व्यक्ति ही सतत सृजनशील व्यक्ति के कल्पनाप्रवण धर्म का निर्वाह कर सकता है। क्योंकि वह स्वभावगत रूप में वांछित संसार की परिकल्पना और संरचना के लिए बाध्य महसूस करता है। ऐसे व्यक्ति का कोई महत् उद्देश्य होगा ही। यह दूसरी बात है कि उसका सम्बन्ध उसके पूरे व्यक्तित्व और जीवन से होगा, केवल उस कृति से नहीं, जो उस समय शब्दबद्ध हो रही है।

मुक्तिबोध ने कहा था, "आज का लेखक अनुभूत यथार्थ से दूर निकलकर किसी और के यथार्थ से कहानियाँ और उपन्यास गढ़ना चाहता है, उसमें मानवीय अन्तरात्मा की हलचल मचानेवाली पीड़ा नहीं है, क्योंकि वह ज़रूरत से ज़्यादा समझदार हो गया है और समझदारी का यह तकाज़ा है कि जिस दुनिया में हम रहते हैं, उससे समझौता करें।"

मुझे लगता है कि मानवीय अन्तरात्मा की हलचल मचानेवाली पीड़ा

के अभाव में, लेखक यदि अनुभूत का सहारा लेकर भी उपन्यास या कहानी गढ़ेगा, तो वह एकांगी और असत्य होगी, क्योंकि वह अनुभव की अनुकृति भर होगी, सृजनात्मक कृति नहीं। अनुभव को संवेदना के स्तर पर सार्वजनीन बनाने के बजाय व्यक्तिनिष्ठ बना देगी, जो पाठक के भावबोध का हिस्सा कभी नहीं बन सकेगी।

कोई भी ईमानदार लेखक इस बात से इनकार नहीं कर सकता कि जाने-अनजाने, संस्कारवश, वह कुछेक अनुभवों को ही सृजनशीलता का आधार बनाता है। संस्कारवश ही, वह कभी-कभी अधिक व्यापक या सार्वजनिक रूप से अर्थपूर्ण अनुभवों को छोड़ देता है। इसलिए लेखक का अनुभव, वास्तव में एकांगी ही नहीं, अधूरा सच या अविश्वसनीय भी हो सकता है। मनोवैज्ञानिकों ने साबित करके दिखला दिया है कि एक ही घटना का वर्णन, अलग-अलग व्यक्ति अलग-अलग तरीके से करते हैं। आँखों-देखी घटना के जब एक से ज़्यादा विवरण हो सकते हैं तो अलग-अलग समय पर, एक जैसे अनुभवों से गुज़रनेवालों का विवरण तो एकदम भिन्न हो ही सकता है। हम वही देखते या अनुभव करते हैं, जो हमारा नज़रिया या दृष्टिकोण हमें महसूस करवाता है। केवल इसलिए किसी अनुभूति को पूर्णतया विश्वसनीय नहीं माना जा सकता क्योंकि वह लिखनेवाले का अपना भोगा हुआ यथार्थ है। सवाल दरअसल यह नहीं है कि हम उपन्यास का आधार किस अनुभव को बनाते हैं, बल्कि यह कि उसका रोपण किस मानवीय चेतना या संवेदनात्मक भावभूमि में करते हैं। हमारी कल्पना की दिशा क्या है ? सार्वजनिक या सामाजिक पीड़ा को हम कहाँ तक अपनी अन्तरात्मा की पीड़ा की तरह महसूस करते हैं और अपने जीवन और व्यक्तित्व से अन्ततः हम चाहते क्या हैं ?

जिन लोगों के व्यक्तित्व और जीवन का उद्देश्य पद, सम्पदा, सामाजिक मान-मर्यादा प्राप्त करना है, वे कितने भी प्रगतिवादी या समाजवादी दावे क्यों न कर लें, अपने या किसी और के कितने भी पीड़ादायक अनुभवों का चयन क्यों न कर डालें, अपने पात्रों को सर्वहारा वर्ग के प्रतिनिधि बनाकर ही दम लें, फिर भी उनके उपन्यास का मूल स्वर या संवेदना उपभोक्ता संस्कृति या महाजनी सभ्यता की महत्त्वाकांक्षाओं की रहेगी। इसके विपरीत यदि उनकी मानवीय अन्तरात्मा अभी जीवित है, वे महाजनी सभ्यता के नियमों से विद्रोह करके जीना चाहते हैं और समाज के आमूल परिवर्तन में सक्रिय भाग लेना चाहते हैं, तो उनके पात्र चाहे जिस वर्ग से आएँ, कहानी का स्वर या संवेदना, समाजनिष्ठ होगी। दूसरे शब्दों में, एक तरफ़ जहाँ यह सम्भव है कि हमारी मानवीय संवेदना दूसरों

की पीड़ा को हमारा अपना अनुभव बना दे, वहाँ यह भी सहज सम्भव है कि इस संवेदना के अभाव में, हमारे अपने अनुभव किसी दूसरे के न बन पाये।

जो लेखक उपन्यास या कहानी को सामाजिक विचारधारा की तरह देखता है, उसे अपनी निजी तृष्णा-वितृष्णा या विवेक-पीड़ा का अंग नहीं बनाता, वह राजनीतिक मसविदा तो लिख सकता है, समाजशास्त्रीय अध्ययन भी कर सकता है, नसीहत दे सकता है, और सम्भवतः सामाजिक क्रान्ति की रूपरेखा भी तैयार कर सकता हो, पर न तो वह उसमें सक्रिय भाग ले सकता है और न उस सृजनात्मक संसार की संरचना कर सकता है, जिसे हम उपन्यास, कहानी, नाटक या काव्य के नाम से पुकारते हैं। उसके लिए आवश्यक है कि वह वैयक्तिक आवेग के साथ उसे महसूस करे और अपनी विशिष्ट जीवन-दृष्टि से उसका मूल्यांकन करे। यह दूसरी बात है कि आप राजनीतिक मसविदे या समाजशास्त्रीय अध्ययन को साहित्य-सृजन से अधिक महत्त्वपूर्ण मानें। ऐसा कोई दावा मेरा नहीं है कि साहित्य-सृजन, जीवन के अन्य कर्मों की अपेक्षा अधिक महत्त्वपूर्ण या उदात्त है। पर जो भी वह है, इससे इनकार नहीं किया जा सकता कि सृजन-प्रक्रिया एक विशिष्ट प्रकार की स्वभावगत क्रिया है, जिससे सृजनशील व्यक्ति चाहकर भी त्राण नहीं पा सकता। मैंने पाया है कि मैं पूरी सृजन-प्रक्रिया के दौरान दो विरोधी मनःस्थितियों के बीच खिंचती रहती हूँ। एक ओर अपनी सारी मानवीय पीड़ा और तृष्णा-वितृष्णा को शब्द देना चाहती हूँ, तो दूसरी तरफ़ जो अत्यन्त वैयक्तिक और निजी है, उसे दूसरों की नज़रों से बचाये रखना चाहती हूँ। अन्ततः द्वन्द्व में, मेरे व्यक्ति के ऊपर सर्जक की जीत होती है, तभी कृति पाठक के सम्मुख आ पाती है।

सृजन की प्रक्रिया में पाठक कहाँ और कितना आता है, यह प्रश्न बार-बार उठाया जाता है। मैं समझती हूँ कि जहाँ कृति को शब्दबद्ध करने की प्रक्रिया का प्रश्न है, उसमें पाठक का दख़ल असम्भव है। चौंकने की बात नहीं है। दख़ल असम्भव है प्रक्रिया में, सर्जक के भावबोध में नहीं। मेरे भावबोध में पाठक अनिवार्य रूप से रहता ही है। क्योंकि पाठक भी उसी समष्टि का अंग है जिसका हिस्सा मैं हूँ, जिसमें रहकर दोनों का व्यक्तित्व विकसित हो रहा है, दोनों की रागात्मकता और विचारशीलता परिपक्व होती है। मेरे हिसाब से यदि लेखक संवेदनशील है और सच यह है कि लेखक और चाहे जो हो, संवेदनशील होता ही है; तो यह असम्भव है कि पाठक के अन्तर्मन की पीड़ा, उसके भावबोध का सहज अंग न हो। पाठक से यहाँ किसी विशेष शिक्षा-प्राप्त वर्ग से नहीं, समष्टि को समष्टि बनानेवाले

अनेकानेक दिषम व्यक्तियों से है। फिर भी जिस प्रकार भ्रूण के गर्भ में प्रवेश पाने के बाद से शिशु के जन्म तक की प्रक्रिया में, माँ के सिवाय अन्य किसी का हस्तक्षेप नहीं हो सकता, उसी तरह उपन्यास या कहानी के मेरे मानस गर्भ में उद्भव होने से लेकर कृति के जन्म तक उसमें किसी का (पाठक का भी) हस्तक्षेप सम्भव नहीं है। हाँ, यह सहज सम्भव है कि जन्म लेते ही, शिशु या कृति, अनेक स्वजनों से आत्मीय सम्बन्ध स्थापित कर ले। और यह भी हो सकता है कि मेरी तुलना में अन्य लोग उसे बेहतर पहचानें और समझें।

कृति के प्रवाह में अपनी मुखाकृति देख रहा पाठक, उसमें अपने भावात्मक स्पन्दन की प्रतिध्वनि सुन सकता है, अपने वांछित सत्य की प्रतिमूर्ति देख सकता है और यह विश्वास कर सकता है कि वह कृति को इसलिए सम्प्रेषित कर रहा है, क्योंकि वह लिखी ही उस उद्देश्य से गयी थी कि उसके द्वारा सम्प्रेषित हो। और तो और, तब सर्जक भी यह दावा कर सकता है कि उसने पाठक की अपेक्षाओं को ध्यान में रखकर रचना की और इसीलिए वह सम्प्रेषणीय है। ऐसी आत्म-छलना मुझे प्रिय नहीं है। हर कृतिकार जानता है कि उपभोक्ता के उस पर हावी होते ही, कृति की आन्तरिक युक्ति खण्डित हो जाती है और वह भव्य अनुकृति बनकर रह जाती है।

यदि मूर्ति गढ़ते समय, मूर्तिकार प्रतिमा की वांछित छवि के बजाय, दर्शकों की रुचि को मन में रखकर मूर्ति बनाएगा, तो वह सत्य के उस विकृत और विज्ञापित रूप को ही प्रस्तुत कर पाएगा, जो औसत आदमी के अनुसार, औसत आदमी सोचता है कि होना चाहिए। पर जिसे वह स्वयं नहीं जानता, केवल औसत के रूप में विज्ञापित होते देखता रहा है। यानी वह सर्जनात्मक कृति न होकर, मात्र यथार्थ की अनुकृति होगी और वह भी उस यथार्थ की, जिसे भावात्मक लगाव के साथ किसी ने महसूस नहीं किया। यह बात उपन्यास या कहानी के साथ भी है। मैंने देखा है कि अधिकतर वही रचनाकार पाठक के आतंक की बात करते हैं, जो अपना रचनात्मक कार्य पूरा कर चुके होते हैं और किन्हीं कारणों से आलोचना या दर्शन (चिन्तन) के क्षेत्र में पदार्पण कर रहे होते हैं। क्योंकि तब अपरिहार्य स्वभावगत क्रिया के रूप में सृजन से वे त्राण पा चुकते हैं और 'कला कला के लिए है या समाज के लिए' जैसे सवाल उन्हें अर्थपूर्ण लगने लगते हैं। वरना इन बातों का सर्जक से क्या वास्ता ? सृजनशील कृति तो समाज से जुड़ी होती ही है, उससे जुड़ने का सायास प्रयत्न न करते हुए भी जुड़ी होती है। और उसके माध्यम से सर्जक जुड़ा रहता है, जीवन भर, इतनी

अन्तरंगता के साथ कि सृजन-प्रक्रिया से पल भर को भी छुटकारा नहीं मिलता। लिखने की मेज़ पर आकर बैठना तो उसका एक छोटा-सा अंश है। सृजन के क्षण जीवन के पर्याय हैं मेरे लिए।

इस संग्रह में संगृहीत अपनी एक कहानी 'शहर के नाम' का उदाहरण देकर अपनी बात स्पष्ट करूँगी।

1975-76 का दौर इमरजेन्सी का था। संयोगवश मैंने एक कमउम्र लड़की को जाना, जो नुक्कड़ नाटक आदि करती थी। इमरजेन्सी के दौरान उस पर सरकार विरोधी (नक्सलवादी) होने का आरोप लगा। घरवाले घबरा गये। समझा-बुझाकर या डरा-धमकाकर, उसे विदेश पढ़ने भेज दिया गया। वहाँ रहते हुए उसका मन काफ़ी उद्वेलित रहा, अपने जीवन को लेकर और अपने देश की स्थिति को लेकर भी। काफ़ी बरसों बाद वह लौटकर आयी और उसके कुछ ही दिनों बाद, उसने ख़ुदकुशी कर ली। कारण मैं नहीं जानती। पर उसके कुछ पत्र मैंने पढ़े थे और मुझे लगा था जैसे वे मैंने ही लिखे हों।

बरसों वह मेरे मन को झकझोरती रही। ऐसी ही एक-दो और घटनाएँ जो इमरजेन्सी में घटीं, मेरी स्मृति का सघन अंश बनकर बसी रहीं। फिर इमरजेन्सी हट गयी। मेरे पिता, जो इमरजेन्सी से बहुत बेचैन थे, उसके हटाये जाने का शुभ समाचार पाने के लिए जीवित नहीं रहे। फिर काफ़ी बरस बीत गये, क़रीब दस। स्मृति के लिए दस बरस क्या हैं, कुछ नहीं !

यह पृष्ठभूमि है। पर 'शहर के नाम' कहानी क्यों और कैसे लिखी गयी, तब और तभी क्यों, ऐसे और ऐसे ही क्यों, मैं नहीं जानती।

कहानी लिखे जाने के एकदम पहले के घटनाक्रम का विवरण दे सकती हूँ। बहुत दिनों से मैंने कोई क़हानी नहीं लिखी थी। दिल्ली में दम घुटता रहता था। लिखना नामुमकिन जान पड़ता था। तब तक जो लिखा था, वहीं दिल्ली के अपने घर में। बिना निजी कमरे, घर में स्थित पति के दफ़्तर की अनवरत चिल्लपों और बच्चों के शोर के बीच। पर तब आकर सहनशक्ति जैसे चुक गयी थी। उस माहौल में सिर्फ़ घुटन के और कोई अनुभूति बची नहीं थी। फिर दो-तीन दिनों के लिए मैं, अपने पति के साथ, अलवर और जयपुर गयी। पहले अलवर, फिर जयपुर। गरमी के दिन थे। बरसात शुरू नहीं हुई थी पर उमस भरपूर थी। जयपुर का लाल पत्थर धूप से तपकर और रेत से धूसरित होकर, दिल्ली से भी ज़्यादा घुटन पैदा कर रहा था। अचानक बारिश की कुछ बूँदें पड़ीं। मैंने उन्हें लाल पत्थर पर पड़ते और सोखे जाते देखा। पत्थर धुला तो नहीं पर दो-एक जगह से चमक ज़रूर उठा। मैं नहीं जानती क्यों, पर उसी दम मैंने लिखना शुरू किया और

पूरी कहानी लिखकर ही उठी। कहानी बहुत छोटी नहीं है इसलिए तेज़ रफ़्तार से लिखते रहने पर भी, पूरा दिन लग गया।

अब इस यान्त्रिक प्रक्रिया के भीतर छिपी रचना-प्रक्रिया को ढूँढ़ निकालने और उसकी व्याख्या करने का काम विद्वानों का है। मैं तो केवल उस आत्मघाती लड़की और कल के युवराज के साथ भर थी। पर जो मैंने लिखा वह वैसा नहीं था, जैसा मैंने उनके बारे में जाना था। जाना ही कितना था! जितना महसूस किया था, उसका शतांश भी नहीं। व्याख्या करें, वह तथ्यपरक, तर्कसंगत और मूल्यवान हो सकती है। पर रचना-प्रक्रिया के रहस्य को उद्‌घाटित नहीं कर सकती।

यह रचना-प्रक्रिया लेखक के साथ ख़त्म नहीं होती, पाठक के भीतर चलती रहती है। एक लेखक बान्धवी ने कहा था, वे जब लिखती हैं तो ऐसे कि पाठक को सिवाय उसके, जो वे चाहती हैं; और कुछ सोचने की छूट न रहे। सुनकर मैं काँप गयी थी। हे भगवान ! लेखक न हुआ, हिटलर हो गया। मैं पाठक को पूरी छूट देना चाहती हूँ, वह मेरी रचना का फिर-फिर सृजन करे। मैं लिखती हूँ, यही मेरा आत्मकथ्य है, हर रचना आत्मकथ्य है। मैं अपने पूरे समाज, संसार, व्यवस्था, सत्ता केन्द्र, आचार-व्यवहार को लेकर अनेक शंकाओं का समाधान चाहती हूँ। पर है कहाँ समाधान ? उद्वेलन है, आशा-हताशा है, विचार-विवेचन है, चिन्तन-मनन है। कभी वैराग्य है, कभी कर गुज़रने की अदम्य लालसा। सब कुछ है लेखन में। लेखन है, यही आत्मकथ्य है। मैं लिखती हूँ तो क्या, पाठक भी तो पढ़ता है। उसका काम मुझसे कम रचनात्मक तो नहीं। इसलिए चाहती हूँ इस संग्रह की हर कहानी का हर पाठक अपनी तरह से सृजन करे।

—मृदुला गर्ग

अनुक्रम

तीन किलो की छोरी

शारदाबेन ने मुचड़ी धोती टाँगों के बीच से निकाली और उठकर खड़ी हो गयी। नंगे गीले बच्चे को फटे कपड़े में लपेटा और तराजू की तरफ़ लपकी। आजकल यह उसका रोज़ का नियम था। बच्चा जनवाने पर, उसे नहलाना तो ख़ैर ज़रूरी ठहरा, पर उसके बाद, माँ को उसका मुँह दिखलाने से पहले, वह तराजू पर उसका तौल करने दौड़ती थी। मालिकों की नज़र में बच्चे जनवाने का महत्त्व कम, तराजू में तौलने का ज़्यादा था। सौ रुपया महीना की नौकरी थी उसकी, कोई मज़ाक़ नहीं।

आज कुछ अलग उछाह था तराजू तक की लपक में। गोद में पड़ी छोरी, उसके जने और बालकों से फरक थी। बहुत दिनों बाद, बच्चा उठाने पर लगा था, हाँ, कुछ है गोद में, चिथड़ों की पोटली के अलावा। एक दबाव महसूस हुआ था बाँहों में। वह तो भूल ही चली थी, नन्ही हड्डियों के ढाँचे पर चढ़े मांस का वज़न क्या होता है।

नयी नहायी बच्ची के बदन पर लिपटा कपड़ा नम हो गया था। उसे उतार अपने कन्धे पर डाल लिया। चन्द मिनटों में सूख जाएगा।

फिर जतन से सँभालकर उसने छोरी को तराजू में लिटा दिया। उसे यही सिखलाया गया था। निपट नंगे बच्चे का तौल करना चाहिए वरना कपड़ों का वज़न जुड़ जाता है आँकड़े में। घिसे-पिटे चिथड़े का वज़न क्या होगा, दस ग्राम भी नहीं, पर शारदाबेन हँसी तक रोके रखती है अपनी। चिथड़ा अलग करती है और नंग-मलंग वच्चे को तराजू में लिटाती है। तभी न, तमाम ग्रामसेविकाओं में अव्वल ठहरायी जाती है हमेशा। काम के मामले में न हँसी-ठट्ठा, न कोर-कोताही। नंगा तुलना है बच्चा तो नंगा तुलेगा, कपड़े का वज़न देख हँसी छूटे तो रक्खो पेट में दबा के।

जो सोचा था सही निकला। शारदाबेन ने उचककर वज़न पढ़ा और ताली पीटकर चहक उठी, तीन किल्लो। पूरी तीन किल्लो। वाह री छोरी, तू तो औसत से भी जाड़ी निकली।...औसत वज़न ढाई किलो है, अपने गाँव-गँवई के बच्चों का,

उसे मालूम था। यह छोरी उससे ऊपर होगी, नीचे नहीं। गोद में लेने पर लगा तो था पर उसने अपना अनुमान नीचे की हद पर खींच रखा था, ऊपर उठने नहीं दिया था। मानुष की अकल आख़िर मानुष की ठहरी। जब तक मशीन ठोंक-बजाकर कह न दे, ट्रेनिंग पायी दाई को धीरज धरे रहना चाहिए, है कि नहीं ? वैसे शारदाबेन दाई नहीं, अपने को ग्रामसेविका कहलाना पसन्द करती थी। हर लल्लू-पंजू दाई के हाथ में तराजू नहीं होता ना। वह भी एकदम नये ढंग का, न बाट न बटखड़ा, ऊपर लगी सुई खटाक से दिखा देगी वज़न का नम्बर, घड़ी की सुई की तरह। तीन किलो तो तीन किलो, न एक ग्राम इधर, न एक ग्राम उधर। वैसे शारदाबेन का हिसाब भी कच्चा नहीं था। शायद ही कभी मोटी गड़बड़ी हुई हो, पर आदत कुछ ऐसी बन चुकी थी कि बच्चा गोद में उठाने पर, उसके वज़न में आधे-चौथाई किलो की बढ़त करके ही रहती। हर बार मन में कहती, अरे, कुल जमा डेढ़ किलो वज़न होने से रहा, दो नहीं तो पौने दो किलो तो होगा ही होगा। माँ का दूध मिल गया तो जी जाएगा, बेचारा !

फाउण्डेशन की मोटीबेन यही बोलती हैं हमेशा, अरे शारदाबेन, (या शान्ताबेन या हमीदाबीबी, जो रहे सामने) एक बात गाँठ बाँध लो; माँ के दूध जैसी नैमत दूसरी है नहीं। तीन महीने तक भरपेट, टैम से माँ का दूध मिले बच्चे को बस और कुछ नहीं चाहिए। अरे, अब तो विलायत-अमरीका की मेमें भी बच्चों को अपना दूध पिलाने लगीं। जानती है शारदाबेन। उसके इस छोटे-से गाँव में भी चली आती हैं जब-तब मेमें। मोटीबेन ही भेजती हैं। कहती हैं, उसका सेण्टर सबसे बढ़िया है उनके गाँव में, और शारदाबेन ठहरी फिर ख़ूब चटर-पटर बतियानेवाली। एक बात नहीं छोड़ती बिना बतलाये।

यह देखो, दस पैसे की पचहत्तर ग्राम ममरी, मूँग की दाल, चावल और तेल से बनी। पाँच साल से कम बच्चों, गर्भवती और दूध पिलाती माँओं के लिए। जो चाहे, खुले हाथों ले। किसी को वापस नहीं लौटाते हम। क्या चीज़ है ममरी, खाने में स्वाद, सेहत के लिए बढ़िया। दस पैसे क्या हैं, पचहत्तर ग्राम के लिए, मुफ़्त बराबर समझो। हमें तो पचास की पड़ती है। दस्सी लेते हैं सो इसलिए कि भिखारी नहीं ना बनाना हमें गाँववालों को। और यह देखो, बालदीपक, कुपोषित बालकों के लिए बढ़िया टॉनिक। कमज़ोर हो बच्चा, तो छठी होते ही, चम्मच-भर रोज़ पिलाना शुरू। क्या बतलाऊँ आपको, कैसे पुच-पुच घोट जाते हैं बदमाश। अरे कमज़ोर हुए तो क्या, कमअकल तो नहीं, अपने मतलब की चीज़ ख़ूब पहचानते हैं।

ताली बजाकर वह खिलखिला पड़ती पर मेमें उसका मज़ा ख़राब कर देतीं। ओठ दबाकर कहतीं, इस सबकी कोई दरकार नहीं है, छोटे बच्चों को मिलना

चाहिए माँ का दूध, टैम से और भरपेट। उसके लिए माँ को भी, कड़क तला, तेल रचा खाना खाने के बजाय, ताक़त की खुराक खानी चाहिए।

शारदाबेन का मन-मुँह कसैला हो जाता। ताक़त की खुराक ! अन्न का जहाँ जुगाड़ न हो...

खाने का ख़याल आया नहीं भेजे में, कि पेट ने गुड़गुड़ाना शुरू कर दिया। उसे याद आ गया, अभी रोटला खाया नहीं, काग़ज़ में लिपटा पड़ा है थैली में, वहीं सेण्टर पर। अभी क्या टैम हुआ होगा, दो-ढाई और क्या, ऊपर आसमान में तपते सूरज को देखकर उसने सोचा। ना, तब पेट इतनी बेहाली से गुड़-गुड़ ना करनेवाला था। ज़रूर तीन से ऊपर हो रहे होंगे। साले पेट में भी घड़ी की सुई लगी है। बच्चे तौलनेवाले तराज़ू के माफिक, ठीक टैम पर गुड़गुड़ाना चालू करता है।

खा लूँगी पापी, सबर कर, उसने अपने पिचके पेट पर चपत लगाकर कहा और खी-खी कर हँस दी। ऐसे न खानेवाली हूँ आज, रूखा रोटला-प्याज़, आज तो इस तीन किल्लो की छोरी की माँ से सूकड़ी लिये बग़ैर न मानूँगी। अरे, पूरा तीन किल्लो वज़न है छोरी का, कोई मज़ाक़ है, यह समझ लो जैसे एक के बजाय दो बालक एक साथ जने हों, डेढ़ किल्लो से जाड़ा बच्चा जनमता कहाँ है इधर।

बस एक अड़चन है। है साली छोरी। छोरा होता तो खुले हाथों देता बापू इसका। सुखी परिवार है, दो भैंसें हैं, किस्तें भी, सुना, चुका लीं अब तक। पाँच बीघा खेत भी है अपना, चारे-खारे की किल्लत नहीं है। ऊपर से मौसम भी सहारेवाला है, न बाजरे की कटाई का बखत है न रुपाई का। छोरी की माँ को आराम मिल जाएगा। वरना क्या, सुखी परिवार हो तब भी, कटाई-रुपाई के बखत औरत घर पर तो बैठ नहीं सकती। पर लल्लीबेन खींच ले जाएगी पन्द्रह-बीस दिन। घर पर सासू भी है न, मनुबेन, भैंसों का चारा-सानी तो कर ही देगी इतने दिन।

"चल मेरी तीन किल्लो की छोरी, सूकड़ी तो खिलवा दे।" अरे, छोरी हुई तो क्या हुआ, कहती नहीं अपनी मोटीबेन, "छोरे-छोरी में अब फरक नहीं रहा। देख न शारदाबेन, मैं भी तो छोरी हूँ, पर पूरा-का-पूरा फाउण्डेशन मेरे दम पर चलता है। है कि नहीं ?" सच्ची-खरी बात कही थी मोटीबेन ने। यह सारा तामझाम था तो मोटीबेन के कन्धों पर। उनकी बात सुन शारदाबेन की छाती इतनी चौड़ी हो गयी थी कि झट घर पहुँच, ज्यों की त्यों जड़ दी थी अपने मरद के माथे पर। उस दिन, सच, मार खाते-खाते बची थी शारदाबेन।

एक बात है उसके मरद की। याद नहीं पड़ता कभी हाथ उठाया हो उस पर। एकाध बार को छोड़ दो, कभी-कभाक तो आप जानो, मरद ठहरा, पर कसम है जो एकाध बार से ज़्यादा पिटाई की हो उसकी। अब एकाध झापड़ कभी मार

दिया, वह तो ख़ैर मान-मनौवल की बात हुई, पर मन की भड़ास निकालने को उसकी पीठ का इस्तेमाल कभी नहीं करता।...हाँ, उस दिन ज़रूर मार खाते-खाते बची थी शारदाबेन।

खटिया पर बैठा उसका मरद चाय पी रहा था कि झलल-मलल करती वह भीतर आयी थी और खटाक से जा चढ़ी थी ऊपर, उसके बराबर में। बोली थी, "आज का दिन बड़ा खराब बीता, तीनों-की-तीनों चुड़ैल छोरियाँ जनी गयीं। किसी ने टुकड़ा भर गुड़ भी न धरा हाथ पर। फिर मोटीबेन से बतलाया तो शीत पड़ा कलेजे में, कहने लगीं, 'ले शारदाबेन, सूकड़ी खा। छोरे-छोरी में कोई फरक नहीं है। अरे, तू भी छोरी है, है कि नहीं, फिर सौ रुपये कमा रही है कि नहीं, महीने-के-महीने। सारा गाँव तेरी इज़्ज़त...'"

बात यहीं तक पहुँची थी कि मरद ने लात मारकर उसे खटिया से नीचे गिरा दिया था। फिर एक घूँट में चाय सटक, उसकी गरदन पर आ सवार हुआ था। पीठ पर धौल जमाकर बोला था, "सौ रुपल्ली का भूत चढ़ गया सिर पर, हरामजादी।"

और तो और, छोरा उसका, बालिश्त-भर का, बाप की देखा-देखी चढ़ आया था सिर पर और चीखकर बोला था, "छोड़ परे साली नौकरी। कल ही जाकर छुट्टी कर। हमें नहीं चाहिए तेरे सौ रुपये।"

छोरे की बात सुनते ही मरद की अकल ठिकाने आ गयी थी। उसे छोड़ छोरे पर झपट लिया था। एक झन्नाटेदार थप्पड़ उसकी कनपटी पर रसीद कर दहाड़ा था, "खाल में रह, हरामजादे! बड़ा आया नौकरी छुड़ानेवाला। जाकर पढ़ाई कर अपनी। इस्कूल में नाम क्या फोकट में लिखवाया है ?"

रोता-बिसूरता छोरा कोने में सिकुड़ गया था। मरद वापस खटिया पर विराजमान हो गया था। अबकी बेर उससे इतना कहकर सन्तोष कर लिया था, "तेरी इज़्ज़त में फरक ना आता हो तो जाकर चा बना ला, कमजात।" शारदाबेन चाय बनाने चूल्हे पर चली गयी थी और बरबस उसकी हँसी फूट पड़ी थी। बेचारा, उसका भलामानुस मरद, सौ रुपये की मार में ही ठण्डा हो गया। मोटीबेन के मरद का तो राम जाने क्या हाल होता होगा। चाय तैयार होने तक वह खिल-खिल हँसती चली गयी थी। पर गिलास में छान मरद को पकड़ायी तो चेहरे पर मुर्दनी ओढ़ ली और धरती पर सिमट सिर घुटनों में दे बैठ गयी थी।

ज़्यादा देर बैठे रहना नहीं पड़ा था। ज़रा देर बाद ही मरद की प्यारभरी घुड़की सुनाई दे गयी थी, "अपने लिए भी छान ली होती, करमजली, न खाएगी, न पीएगी, सौ रुपल्ली के लिए परान देगी क्या ?" मुँह ऊपर उठाकर वह बेलाग हँस दी थी। मरद ने भी साथ दिया था, "सिललबिलल्लो है सिललबिलल्लो, एक तू, एक तेरी मोटीबेन। अरे, छोरे-छोरी का फरक कभी मिट सकता है !"

शारदाबेन क्या जानती नहीं। वह तो मोटीबेन से सुनी सो उसने कह दी। फरक है तो हुआ करे, उसकी बला से। उसे तो उस फरक से मतलब है, जो उसके कमाये सौ रुपये माहवार से, उसकी अपनी ज़िन्दगानी में आया है। छोरे के इस्कूल में नाम लिखाने को लेकर कितना फसाद हुआ करता था घर में। मरद कहता था, "कौन बाबू साहब का छोरा है कि पढ़-लिखकर लाट बनेगा। घसखुद्दा बनना है तेरे छोरे को घसखुद्दा। सो एक जमात पढ़े कि दस, क्या फरक पड़ेगा। अरे ओ कमअक्कल, किताब क्या मालिक की भैंस को सुनाएगा, जो पीछे पड़ी है उसके।" पर शारदाबेन की नौकरी पक्की हुई नहीं और मोटीबेन ने बुलाकर एक बोल सुनाया नहीं कि मरद, कजरी गऊ सरीखा, छोरे को इस्कूल में बिठला आया। बुड़बुड़ तो ख़ैर कम नहीं की पर वह तो आप जानो, कढ़ी का उबाल, ठण्डा होते-होते होता है। पर तब से लेकर आज तक, मरद ने न किताबों की ख़रीद में कोर-कसर रखी, न छोरे के खाने-पीने में।

अब उस दिन को लो। जंगल से लकड़ी काट, गट्ठर लादकर चला तो रास्ते में मटके-भर छाछ के बदले बेचकर घर लौटा। छोरा कढ़ी-खिचड़ी खाने को मचल जो रहा था। कहने लगा, "लकड़ी का क्या है, फिर काट लेंगे, हाड़-गोड़ बचे रहें, यहाँ से काट भी ले गये ठेकेदार तो पाँच-दस मील पर तो रहेगा जंगल, मेहनत से नहीं घबराते हम।" लाड़ लड़ाने पर आएगा मरद तो जादूगर-सा तमाम मुश्किलों को फूँक मार उड़ा देगा। वह क्या जानती नहीं, जलावन की कितनी किल्लत हो गयी पिछले पाँच-दस बरसों में। जिनके पास डंगर हैं, उनके पास फिर भी गोबर है, जिनके खेत हैं, उन्हें फसल काटने पर डण्ठल मिल जाते हैं जलाने को, पर उसके मरद सरीखों के घरों की तो दुर्गत ही दुर्गत है। छोरी जाती थी लकड़ी बीनने तो सारा दिन लगाकर, एक ज़रा-सी गठरी उठाये लौटती थी। मरद बोला, "मटरगश्ती करती होगी साली, इत्ती लकड़ी बीनने में आठ घण्टे लगेंगे क्या।" एक दिन तो धुनकर ही रख दिया था बेचारी को। ताव खाकर ख़ुद चला लकड़ी लाने, फिर कितनी काटी-बीनी, सो किसी ने जानी नहीं। क्यों, लौटा तो लकड़ी के बदले छाछ का मटका लेकर। हाँ, दुबारा छोरी को दुतकारा नहीं। अब वही जाती है सुबह-सकाले। सन्ध्या घिरने पर घर लौटती है। क्या करे मानुष ! रहा कहाँ जंगल जो जलावन मिले। सब काट-कूटकर तम्बाखू उगा लिया पटेलों ने। ग़रीब-गुरबा का क्या, लो तेन्दु का पत्ता और पेलो बीड़ी। क्या मरद, क्या औरत, क्या बूढ़ा, क्या बच्चा। पेलते-पेलते उँगलियों के निशान तक साफ़-सफाचट हो जाते हैं। बीड़ी हाथ से फिसल-फिसल पड़ती है। जितनी फिसली उतने कटे पैसे। तभी न, नन्हे-नन्हे छोरे-छोरियाँ, बा-बापू से ज़्यादा कमा लेते हैं। पर कित्ते दिन ? इस काम में बुढ़ाते क्या देर लगती है। दिन-रात करके भी एक अदद औरत सौ रुपया महीने की बँधी-बँधायी पगार नहीं पा सकती। पूरा परिवार लगता है तब जाकर चार-पाँच

रुपया रोज़ की आमदनी होती है। अरे कितनी हैं इस गाँव में, जो शारदाबेन सरीखी सौ रुपया पगार पाती हैं। छोरे को इस्कूल में बिला नागा पढ़ाई करने पठाती हैं। गर्व से उसकी छाती फूल गयी। तभी गोद में पड़ी छोरी, महीन सुर में रो दी।

चौंककर शारदाबेन ने उसे देखा और अपने गाल पर चपत लगाकर ख़ुद को कोसा। बस, यही एक दोष है तुझमें शारदाबेन, ज़बान की कैंची थमने में नहीं आती, एक बार शुरू हुई तो चले जाएगी कच-कच। सुननेवाला हुआ नहीं तो भेजा ही चालू हो जाएगा, कचर-कचर।

"बस, मेरी तीन किल्लो की छोरी, और ना बोलने की मैं। देख, आ गया तेरा छप्पर। ना रे, छप्पर कहाँ, अब तो पक्की छत डाल ली तेरे बापू ने। अहा, क्या लीप-पोतकर रखती है लल्लीबेन घर को। भागवान है तू, छोरी, बड़ भागवान।" छाती से लगाकर उसने बच्ची को प्यार किया और भीतर घुस गयी। लल्लीबेन की काँख में उसे देते हुए बोली, "ले सँभाल अपनी जायी को, पूरी तीन किल्लो की है, तीन किल्लो की। माथे पर काला टीका दे दे और कहियो मत किसी से, कौन जाने किसकी नज़र लग जाय।"

"मरने दे हरामजादी को," भैंस का दूध दुहती मनुबेन ने हुंकार भरी तो वह सकते में आ गयी। "तीन किल्लो ! तीन किल्लो ! दूध है जो डीपो पर बेच आएँ। क्यों जले पर नमक छिड़क रही है शारदाबेन। खा-खाकर मुटाती रही हरामखोर, हमें पता था तीसरी भी छोरी जनेगी कमजात। डाल परे कमबख़्त को। मरे तो अपने भाग से, जिए तो अपने भाग से।"

लल्लीबेन हिलककर रो पड़ी, "मेरी किस्मत ही खराब है। कितने बरत-उपवास किये, कितनी मन्नत-मनौती माँगी, सब बेकार, भगवान् ने एक ना सुनी।"

"चुप चुड़ैल ! छोड़ नौटंकी, उठ और काम पर लग। दूध पहुँचाने कौन जाएगा, तेरा बाप !" मरद ने लताड़ लगायी तो धोती का पल्लू मुँह में ठूँस वह और ज़ोर से रो दी।

"चोप हरामजादी !" मरद और ज़ोर से चीखा।

"छोड़ उसे, दूध पहुँचाकर आ," मनुबेन ने बीच में टोक दिया, "डीपोवाले बैठे नहीं रहेंगे तेरे लिए।"

शारदाबेन की आँखें बरबस दूध की बाल्टी की तरफ़ खिंच गयीं। ज़्यादा नहीं तो चार किल्लो दूध तो होगा। सन्ध्या समय इतना है तो सुबह आठ से कम क्या हुआ होगा। आँख भर देखा नहीं कि पेट फिर गुड़गुड़ाने लगा। हाय, छोरा हुआ होता तो माँग ही लेती छटाँक भर। मलाईदार चाय के साथ रोटला खाती। इस मरी छोरी के हुए...

"क्यों इत्ता हलकान हो रहे हो तुम लोग," हिम्मत जुटाकर उसने कहा,

"छोरे-छोरी में कोई फरक नहीं रहा अब, मोटीबेन कहती हैं कि नहीं।"

"तो दे आ जाकर अपनी मोटीबेन को, वही कर लेंगी लगन इसका," कहते-कहते लल्लीबेन के मरद ने दूध की बाल्टी ऐसे उठायी जैसे लल्लीबेन के सिर पर दे मारेगा। पर पास नहीं फटका, धम-धम करता बाहर निकल गया।

दुह लिये जाने पर दोनों भैंसें वापस धरती पर पसर गयी थीं और जुगाली कर रही थीं। खूँटे से खोल दिये गये पाड़े, पास दुबककर, बेमतलब, थन पर मुँह मार रहे थे।

अच्छी जाड़ी भैंसें हैं, क्या वज़न होगा, शारदाबेन का भेजा चालू हुआ तो जाँघ पर चपत लगाकर उसने फटकारा, "मर साले, हर बखत वज़न, क्या तौलता रहता है।" ज़बरदस्ती हटाने पर भी उसकी नज़रें बार-बार भैंसों पर जाकर अटकती रहीं। पास पसरी मनुबेन के बदन में भैंसों जैसा ढीलापन था पर उसने बीड़ी सुलगा रखी थी और पूरा दम लगाकर कश भर रही थी। उसके धुएँ में वही नफरत रेंग रही थी जो उसकी आँखों से फूट रही थी। भैंसें इतमीनान से जुगाली कर रही थीं। लल्लीबेन अब भी हिलक रही थी। पास पड़ी छोरी के बदन से कपड़ा हट गया था और वह दुनिया से बेख़बर मस्त-मलंग पड़ी थी। भैंसों का मुँह और मनुबेन का कश बराबर चल रहा था। दिन में बारह किल्लो दूध तो देती ही देती होंगी, चारा अच्छा खिलाता है लल्लीबेन का मरद। कर्ज़े की किस्तें भी चुका लीं, डेरी से अमूलदान ख़रीदकर भैंसों को खिलाने में कोताही नहीं करता। छोरा होता तो मनुबेन सारा-का-सारा दूध डीपो बिकने ना भेजती। कुछ ज़रूर बचाकर रख लेती, घी बनाने को। छोरे की माँ को, और कुछ नहीं, तो तनिक-मनिक घी तो देना ही हुआ खाने में। कुछ छाछ शारदाबेन के हिस्से भी आ जाता। अब क्या बनाएगी खाक ! छोरी को माँ का दूध मिल गया तो बहुत समझो। मनुबेन का बस चले तो गला ही घोंट दे छोरी का।

गुस्से के मारे उसका ख़ाली पेट उफ़नकर कलाबाज़ियाँ खाने लगा। "क्या रोना-पीटना मचा रखा है," चिल्लाकर उसने कहा, "छोरी को दूध पिलाओ, मेरा हिस्सा मुझे दो, रोटला खाऊँ। सुबह से बिना खाये बैठी हूँ, तुम अपने तमाशे में लगे हो। कोई मज़ाक है, तीन किल्लो की छोरी है, तीन किल्लो की।"

मनुबेन ने एक जलती नज़र उस पर फेंकी और पहले से भी तेज़ रफ़्तार से धुआँ उगलने लगी। रोती लल्लीबेन ने खटिया की बीनाई में से टटोलकर, मुसा-तुसा एक रुपये का नोट निकाला और उसकी तरफ़ बढ़ा दिया।

तभी पासवाले छप्पर से किसी के चीख मारकर रोने की आवाज़ आयी। नन्नीबेन ! पिछले हफ़्ते बच्चा जना था उसका शारदाबेन ने। पहलौठी का छोरा। नोट छोड़ वह उधर लपक ली।

लल्लीबेन और नन्नीबेन के बीच अधबनी-अधलिपी कच्ची दीवार के अलावा

एक भैंस भर थी, जो आठ-दस की कुठरिया के आधे हिस्से में पसरी हुई थी। दुब्बर होने पर भी लगता था वही उस छप्पर की असली मालकिन है। उसके ज़मीन पर पसरते ही बाक़ी जन कोने में सिकुड़ जाते थे।

मिनट-भर के अन्दर शारदाबेन छप्पर के नीचे थी। पर उतनी देर में ही रोना थम गया था। ज़मीन पर चिथड़े में लिपटी छोरे की लाश रखी थी और पास में नन्नीबेन और उसका मरद घुटनों में सिर दिये बैठे थे। उसे देख नन्नीबेन एक बार फिर चीख मारकर रो पड़ी। उसके मरद ने बिना सिर ऊपर उठाये उदास स्वर में कहा, "सुबह से टट्टियाँ कर रहा था।"

"मुझसे नहीं कहा।"

"तुम उधर थीं, उनके धोरे।"

"चीनी-नमक का पानी पिलाया था ?"

नन्नीबेन ने ना में सिर हिला दिया।

"क्यों, मोटीबेन ने बतलाया नहीं था ? मैंने भी।"

"काम से आयी तो दूध लगाया..." कहते-कहते उसकी आवाज़ घुट गयी, "मुँह ही नहीं मारा छोरे ने।"

"काम पर गयी थी, अभी से ?"

मुँह से कुछ न कहकर नन्नीबेन ने हाथ हिलाकर जतलाया, क्या करें, भाग हमारा।

तब तक आस-पास से और दो-चार जन आकर जमा हो गये थे। सन्ध्या के चार बज रहे थे। ज़्यादातर लोग डीपो पर दूध पहुँचाने गये हुए थे या काम से घर नहीं लौटे थे।

दो दिन ना जाती काम पर। डेढ़ किल्लो तो वज़न था छोरे का। बखत पर दूध न मिला तो ऐंठ गया होगा बेचारा। "किधर गयी थी, काम पर ?" उसने फिर बिना कुछ कहे, हाथ के इशारे से अपनी लाचारी जतलायी पर पड़ोस की मनुबेन चिचिया उठी, "वही ट्रक पर खाद के बोरे लादने का काम, और क्या ! अरे, छोरा जना था, छोरा, नासपीटी ना जाती दो दिन काम पर। एक हमारी को देखो, छोरी जनी है, वह भी तीसरी, और खा-पीकर खटिया तोड़ रही है।"

"भैंस भी है अब तो तुम्हारे," शारदाबेन ने दो फुटे खूँटों के पीछे बँधी डाँगर भैंस पर नज़र डालकर कहा, जो अलग बँधे कटरे को देख करुण स्वर में बिबिया रही थी। "फिर भी गुज़र नहीं होती ?"

नन्नीबेन का मरद चौंककर खड़ा हो गया। "डीपो निकल जाएगी," उसने कहा, "दूध पहुँचा आऊँ।"

लोटा लेकर वह भैंस दुहने बैठ गया। काम तो औरत का था पर अभी मरे छोरे की माँ से कह न सका कि उठकर दूध दुह ले।

शारदाबेन ने देखा, लोटा दूध से भरा नहीं। कुल होगा यही कोई तीन पाव। बेचकर मिलेगा क्या, तीनेक रुपये। उसी से छोरे को दफन कर पिण्ड छुड़ाना होगा।

"इतने भारी काम पर जाएगी तो दूध कैसे उतरेगा ?" उधर मनुबेन का भाषण चालू था, "कितनी बार कहा, माने तब ना। दो दिन से भूखा कलप रहा था छोरा, भैंस भी बाँध ली अब तो घर में..."

"भैंस ही तो खा गयी मेरे लालभाई को," घुटनों से सिर उठाकर नन्नीबेन चीख पड़ी, "चार हज़ार का कर्ज़ हुआ ख़रीदने पर। हर महीने किस्त चुकानी होती है। चारे की तलाश में डोलते दिन बीत जाता है। खली खिलाने की औकात नहीं। दूध उतरेगा कैसे ? बहुत हुआ तो दो किल्लो, वह भी चार रुपये किल्लो की चिकनाईवाला। क्या करे ग़रीब आदमी ? तभी ना हमने कहा, अपनी पियरी भैंस है, तो सब कुछ है। दूध बेचकर जो मिलेगा, इसी को खिलाएँगे। डेरी बेचती है न अमूलदान। खिलाएँगे तभी न दूध उतरेगा, तभी न किस्त चुकेगी। सेवा करेंगे तभी न फल मिलेगा। यह दिया फल हमें पियरी ने। खा गयी मेरे लालभाई को।" वह फुग्गा मारकर रो दी।

"चुप कर करमजली, भैंस को क्यों कोस रही है, अपनी किस्मत को कोस," उसके मरद ने टोका पर फटकारकर नहीं। लोटा उठाकर वह बाहर चला गया।

"ये तो कल सारा दिन चारा काटते डोले। मैं काम पर गयी तो किल्लो भर बाजरा हुआ घर में। काम पर न जाऊँ तो क्या खिलाऊँ मरद को और क्या पिलाऊँ छोरे को। आकर मुँह में दूध दिया तो..." अबकी बार वह रोयी तो रोती ही चली गयी।

शारदाबेन से आगे बढ़कर उसे चुप नहीं कराया गया। ग़लत हो गया यह तो। भैंस को गाली नहीं देनी चाहिए। छोरे का क्या है, दूसरा जन लेगी।

पर यह सब हो क्या रहा है गाँव में, उसका भेजा जाम हो रहा था। उसका अपना भला तो ज़रूर हुआ, कौपरेट डेरी से, पर बाक़ी जन ? भैंसें इतनी आ गयीं गाँव में, दूध की कौपरेट डेरी चल निकली, फिर भी दुःखी परिवार दुःखी के दुःखी और सुखी परिवार वही दो-चार। इससे तो पहले अच्छे थे। और कुछ नहीं तो छाछ ही मिल जाता था बालकों को। बहुतेरे जन घी बनाया करते थे पहले, अब तो सारा-का-सारा दूध बेच आते हैं डीपो में। सुना है डीपो-डीपो दूध जमा करके डेरी शहर में बेचती है, ऊँचे दामों पर। दूध ही क्यों, और भी जाने क्या-क्या बनाकर खपा देती है शहरों में। मक्खन तो ख़ैर समझ में आता है उसके, पर ऐसा क्या मक्खन, जो न घी निकले, न छाछ ? क्या फायदा ऐसे दूध का ? मोटीबेन कहती हैं, "शहर में छाछ-घी को कोई नहीं पूछता, वहाँ के लोग माँगते हैं मक्खन, चीज़ और चॉकलेट, सो वही बनाकर बेचती है डेरी और घना मुनाफ़ा कमाती है।"

शारदाबेन के पल्ले कुछ नहीं पड़ता पर मोटीबेन कहती हैं तो ठीक ही कहती होंगी। "मुनाफ़ा होता है तो तुम्हीं लोगों में बँटता है न। अरे, कौपरेट डेरी है कि नहीं, तुम्हीं लोग तो मैम्बर हो। पैसा मिलेगा तभी न बँटेगा। फिर जो तुम चाहो, खाओ। अरे, घी से नहीं बना करता कसरती बदन। तुम लोगों को तो खाने का रोग है।"

मोटीबेन की बात काटने की शारदाबेन की बिसात नहीं। उन्होंने कहा, उसने सुन लिया पर घी उसने कभी जाना-देखा नहीं, खाने की कौन कहे। न उन भागवानों को उसने कभी देखा, जिनमें डेरी का पैसा बँटा करता है। वह तो बस छाछ को रो सकती है। पूरा परिवार कढ़ी-रोटला खा लेता था छाछ के भरोसे, हारी-बीमारी में बालक पी लिया करते थे। अब क्या है, भैंस हैं, भैंस का चारा-सानी है, दूध की डीपो है, बस। छोरे-छोरियाँ छूछे के छूछे। घी खानेवाले सुखी परिवारों की उसे क्या ख़बर ! चार-पाँच भैंसोंवाले सुखी पटेल परिवारों में तो उसकी आमद है नहीं। सुना है, सूकड़ी-भाकड़ी सब घी में लोटमलोट खाते हैं वे लोग। और बच्चा जनने पर ठठ-के-ठठ मेथी पाक। पर वह सब सुनी-सुनायी बातें हैं। उसकी जानकारी में तो ऐसे ही छोटी जात के घर हैं, कर्ज़े पर ख़रीदी एक भैंस, सो भी खली-चारे के अभाव में सूखी मरियल, मुश्किल से तीन-चार किल्लो दूध देनेवाली। उस पर किस्तों की मार, बेजोड़ मेहनत-मज़दूरी और कमज़ोर-काहिल बालक। दो भैंसोंवाले सुखी परिवार हैं तो यही दो-चार।

शारदाबेन का मन खट्टा हो गया। किस्मत उसकी। तीन किल्लो की हुई भी तो छोरी। वह भी तीसरी। और यह छोरा, पहलौठी का, जनमा डेढ़ किल्लो का, बचना कहाँ था इसे जो बचता। "पर अपनी तीन किल्लो की छोरी को न सुखाने-दुबलाने दूँगी मैं इन लोगों को। कल ही जाकर शिकायत करती हूँ मोटीबेन से। कोई मज़ाक़ है ! डेरी के सिकरेटरी से कह देंगी तो लल्लीबेन के मरद को खली मिलनी बन्द हो जाएगी, हाँ, सारी अकल ठिकाने आ जाएगी। मोटीबेन के सामने बोले तो जानूँ। अरे करमजला, लगन नहीं करा सकतीं छोरी का, तो नौकरी तो दिला सकती हैं। कह दें एक बार छाती ठोंककर, बड़ी होने पर छोरी को ग्रामसेविका लगवा देंगी, तब देखो, सबके सब फिस्स।" बदन से चिपक आयी धोती को फटकारकर शारदाबेन ने मनुबेन को फिस्स होते देखने का आनन्द उठाया ही था कि भेजे ने कैंची चला दी, किस-किसको ग्रामसेविका बनवाएँगी मोटीबेन ? अरे चुप बैठ, वह बुदबुदायी, यही कचर-कचर सुनती रही तो हो लिया, बीसियों काम पड़े हैं करने को। अभी सेण्टर पहुँच, बालसेवावाली बेन के साथ बैठकर ममरी का हिसाब भरना है, चीज़ें साज-सँभालकर कमरा बन्द करना है और ...फिर वह नहीं लौटेगी इधर। निकल जाएगी वनकरों की बस्ती की तरफ़। उनका दुःख-दरद दूर करनेवाला कौन है, उसके सिवा। वही उनकी डॉक्टर है, वही

अस्पताल। सेण्टर में जो बुख़ार-दरद की दवा रहती है, उसी के भरोसे इलाज चलता है उनकी हारी-बीमारी का। कितनी इज़्ज़त देते हैं शारदाबेन को, जैसे उनमें से एक न होकर ऊँची जात की हो।

पिचके पेट पर धोती का फेंटा कसकर वह सेण्टर की तरफ़ निकल पड़ी। रोटला खाने की फुर्सत नहीं थी। सूरज ढलने पर देखा जाएगा।

सेण्टर के दरवाज़े पर पहुँची थी कि मास्टरभाई के छोरे ने दौड़कर रास्ता रोक लिया। "घर चल बेन," जल्दी मचाकर उसने कहा, "बा का बदन तप रहा है, दरद से सिर पटक रही है, दवाई लेकर चल मेरे साथ।"

"जा, चली जा," सेण्टर की बेन ने कहा, "हिसाब मैं देख लूँगी।"

सब कुछ भूलकर शारदाबेन ने झटपट दवाई की पुड़ियाँ थैली में डालीं और उसके साथ हो ली।

उनकी कोठरी पर पहुँचकर देखा, मास्टरभाई की बहू का हाल जो बेहाल। हाथ लगाने की औकात उसकी थी नहीं। देखकर ही समझ गयी, बदन ज़रूर आग हो रहा होगा, आँखें जो कनेर के फूल-सी लाल हो रही थीं, ऊपर से जूड़ी की कँपकँपी। चादर के नीचे, हड़काई भैंस-सी देह छटपटा रही थी।

"पानी पिला बा को, भाई, और साथ में ये गोलियाँ दे," उसने छोरे से कहा कि अरबराकर बेन उसकी तरफ़ पलटी और उसका हाथ पकड़ चीख उठी, "सिर फट जाएगा बेन, मर जाऊँगी।"

"हैं-हैं ! क्या करती हो !" संकुचित होकर शारदाबेन हाथ छुड़ाने लगी। उसने कहना चाहा, मैं वनकर हूँ। छू लिया तो नहाना पड़ेगा। बीमारी में तुम... पर मास्टरभाई की बहू ने मौक़ा नहीं दिया। कसकर उसके दोनों हाथ थाम, वह उन पर सिर पटकने लगी। गुहार मचा, दवा की माँग करने लगी। उससे हाथ छुड़ाये नहीं गये। आप से आप, बेटी की उमर की बीमार बेन को थपथपा उठे। तो क्या गाँव में ऐसे भी लोग हैं, जो भूल चुके हैं कि शारदाबेन वनकर जात की है, उनके लिए वह सिरफ दवाईवाली बेन है ?

छोरा पानी ले आया था। उसने बीमार बेन को सहारा देकर उठाया और गोलियाँ खिला दीं। बेन ने उसके हाथों पर अपनी जकड़ ढीली नहीं की। बरबस शारदाबेन उसके सिरहाने बैठ गयी और उसका माथा सहलाने लगी। जैसे-जैसे उसके हाथों के नीचे बेन का कलपना-कराहना धीमा पड़ा, वह भर-भर आयी। मटकी छाछ के साथ ढेर सारे रोटले डकारकर उठी हो जैसे। बदन की थकान मिट गयी। महीने के सौ रुपये फूलकर पाँच सौ हो गये। छुअन की मिठास से बँधे हाथ और सधकर चले और मन में उस तीन किल्लो की छोरी को छोरे माफिक पाल-पुसवा लेने का हौसला पैंग भरने लगा।

करार

रेत के ढूह पर चढ़ते-चढ़ते मैंने हाँफते स्वर में कहा, "रेत और बर्फ़ में ख़ास फ़र्क़ नहीं है। बस बर्फ़ ठण्डी होती है और रेत गर्म।"

रेगिस्तान की निस्तब्धता में मैंने अपना कहा स्पष्ट सुना। सोचा, चैरी मेरी बात पर हँस देगी, पर वह नहीं हँसी। मेरी तरह वह भी पहली बार रेगिस्तान की बालू पर चल रही थी। पाँव से चप्पलें निकालकर हमने झोले में डाल ली थीं। नंगे पाँव रेत के ढूह पर चढ़ना-उतरना कम मुश्किल था। कुछ देर चल लेने पर हमारी समझ में आ गया था कि बर्फ़ की तरह बालू पर भी पाँव सीधा रखने के बजाय एक तरफ़ से जमाकर रखना चाहिए। चढ़ने में भीतर कम धँसता है, उतरने में कम फिसलता है। तपेगा तो ख़ैर है ही। चैरी के पैरों में फफोले पड़ रहे होंगे। मुझे तो फिर भी आदत थी, तेज़ गरमी की और नंगे पाँव चलने की भी। हर क़दम के साथ मेरे तलवे बर्दाश्त करना सीख रहे थे। पर वह सर्द देश से आयी थी।

"तुम्हें बर्फ़ पर चलने की आदत होगी," मैंने उससे कहा।

"यह रेगिस्तान जैसा नहीं लगता," उसने कहा।

"हर रेगिस्तान एक-दूसरे से फ़र्क़ होता होगा।"

"मैंने सिर्फ़ फ़िल्मों में देखा है ?"

"मैंने भी।"

अब हम धीमे से हँसे, अपनी बात पर कम, चढ़ायी पूरी करके समतल ज़मीन पर पहुँचने की ख़ुशी में ज़्यादा।

जोधपुर की नीली कोठियाँ काफ़ी पीछे छूट चुकी थीं। जैसलमेर पहुँचने के लिए इतना ही रास्ता और तय करना था। मैं चैरी से पहली बार जोधपुर में ही मिली थी। थार रेगिस्तान के पर्यावरण और पानी की खेती पर एक सेमिनार था, उसी में। वह यूनीसेफ की तरफ़ से पारम्परिक जल-संचय व्यवस्था पर प्रोजेक्ट कर रही थी और उसी सिलसिले में हिन्दुस्तान आयी थी। वह तीसरी पीढ़ी की अमरीकन थी। उसके दादा चीन से भागकर अमरीका आये थे और वहाँ के

नागरिक बन गये थे। स्वयं वह चीन कभी नहीं गयी थी और हिन्दुस्तान पहली बार आयी थी। पर इस वक़्त मेरी तरह सलवार-कमीज़ पहने थी।

सेमिनार ख़त्म होने पर हम दोनों ने जैसलमेर जाना तय किया था। अच्छे-भले बस में जा रहे थे कि मुझे ले चैरी बीच रास्ते उतर गयी। हर अमरीकी की तरह उसने भारत के गाँवों के बारे में काफ़ी रूमानी बातें सुन रखी थीं। कुछ पुष्टि सेमिनार ने कर दी थी। उसका ख़याल था, किसी भी गाँव में बिना सूचना पहुँचा जा सकता है, गाँववाले आदर-सत्कार अवश्य करेंगे। वह यत्र-तत्र गाँवों में जाकर उनकी 'पानी की खेती' देखना चाहती थी। मैंने उसका साथ क्यों दिया, ठीक नहीं जानती। शायद रेगिस्तान मुझ पर हावी हो गया था।

"यह रेगिस्तान जैसा क्यों नहीं लगता ?" अब मैंने उससे पूछा।

"यहाँ काफ़ी झाड़ियाँ और पेड़ हैं।"

"हाँ, थार रेगिस्तान सहारा की तरह नहीं है," मैंने सेमिनार की बात दोहरायी।

फिर हम उन झाड़ियों और पेड़ों को पहचानने की कोशिश करने लगे, जिनकी वजह से रेत का विस्तार छितरे जंगल-सा दीख रहा था।

वह कैर, वह झरबेरी, वह बबूल, वह रोहेड़ा और वह खेजड़ी। रेगिस्तान का कल्पतरु। चौड़ा फैला पेड़, पर घना नहीं। उसकी शाखाओं के बीच इतनी फाँकें थीं कि सूरज की रोशनी नीचे उगी घास को सहलाने छन आये। तभी न पेड़ के नीचे घास थी।

हमारी चाल में तेज़ी आ गयी। सुस्ताने के लिए खेजड़ी तक पहुँचना था। फिर सफ़र दुबारा शुरू किया जा सकता था। खेजड़ी की धूप-छाँह में बैठकर मैं सोच रही थी, सचमुच अद्भुत है यह पेड़। खेत पर फसल के बीच उगते रहने दिया जा सकता है, पैदावार को नुकसान नहीं पहुँचाता बल्कि ज़मीन को और उपजाऊ बनाता है। बीज छींटते वक़्त इसे काट-छाँटकर जलावन के लिए लकड़ी इकट्ठी कर ली जाती है। जब तक फसल तैयार होती है, इसमें नयी शाखाओं का चौड़ा आच्छादन बन चुका होता है। चौड़ा पर घना नहीं। छितरा इतना कि सूरज की रोशनी में बाधक न बने। इसके तल में फसल और बढ़िया होती है। इसका हर हिस्सा काम आता है। पत्ते ढोर-डाँगर खाते हैं तो फली इन्सान। लकड़ी जलावन बनती है और छाल दवा। सबसे काम की बात यह है कि छोटा होने पर यह पशुओं के लिए अखाद्य होता है। जब सुखाद्य बनता है, जड़ें जमा चुका होता है, मवेशियों को चारा खिलाता है पर स्वयं खाया नहीं जा सकता। मरुवासियों का विश्वास है कि खेजड़ी का पेड़ न उखाड़ा जाता है, न उगाया। वे इसे दैवी वृक्ष मानते हैं, जो ख़ुद-ब-ख़ुद उगता है। वह तो ख़ैर अन्धविश्वास हुआ। जंगल में सभी पेड़ों के बीज पशु-पक्षियों की बदौलत छींटे जाते हैं और प्रकृति की कृपा से

फूटते-बढ़ते, फूलते-फलते हैं। मनुष्य बीच में न आए तो सब तरफ़ जंगल-ही-जंगल हो ! पर मनुष्य ऐसा जीव है, जिसे खाना, कपड़ा, मकान ही नहीं, ऐशोआराम का हर सामान चाहिए। इसलिए जंगल काटे जाते हैं, रेगिस्तान की फितरत रंग लाती है, सूखा और अकाल पड़ता है।

नहीं, यह सब मैंने चैरी से नहीं कहा। सेमिनार में हम दोनों ने हिस्सा लिया था, इससे ज़्यादा और भी बहुत कुछ सुना था। वैसे भी चैरी मुझसे ज़्यादा जानती थी। उसका पेशा था जानना। मैं तो मात्र जिज्ञासु थी।

मैंने देखा, चैरी के तलवों में वाक़ई फफोले पड़े हुए थे। वह अपने झोले में से क्रीम निकालकर उन पर लगा रही थी।

"ग़लती हमारी थी," उसने क्रीम मेरी तरफ़ बढ़ाते हुए कहा, "बस से दुपहर बाद उतरना चाहिए था।"

मैंने क्रीम नहीं ली। कहा, "तुम्हारी ज़रूरत मुझसे ज़्यादा है।"

वह हँस दी, बोली, "पानी के बिना मरने लगें, तब कहना।"

"वह नौबत भी आ सकती है। अब उठें।"

"ज़रा देर ठहरो। धूप कुछ और ढल जाए।"

मैं अधलेटी हो गयी। पर ज़्यादा देर नहीं। उठकर बैठना पड़ा। कुदालें थामे एक जनसमूह उधर आ निकला। हमें देख सब ठिठककर खड़े हो गये। बच्चों ने आगे बढ़ हमें घेर लिया। एक आदमी पास आकर बोला, "आप यात्री हैं, पाबूजी के मन्दिर में विश्राम करें। उधर है।"

कहकर वह गया नहीं। हमारे उठने का इन्तज़ार करने लगा। उसे कोई जल्दी नहीं थी। कुदाल का टेका लेकर, वह लम्बी प्रतीक्षा में जड़ हो गया। बच्चे हमें घेरे रहे। बाक़ी लोग कुछ दूरी पर जहाँ थे, वहीं रुक गये। कुदालों का सहारा लिये, अपलक हमें ताकते हुए, वे चूना-मिट्टी की मूर्तियाँ लग रहे थे। शायद ढलते सूरज का मृत्युगामी प्रकाश था या तारे निकलने से पहले का धुँधलका, वे मुझे जीते-जागते इन्सान नहीं, आधुनिक मूर्तिकला के अनगढ़ नमूने लग रहे थे। देर तक उनकी अपेक्षा-रहित स्थिर दृष्टि झेलने की क्षमता हममें नहीं थी। हमें उठना पड़ा। हमारे उठते ही पथ-प्रदर्शक पाबूजी के मन्दिर की तरफ़ चल पड़ा। बाक़ी मूरतें भी हरकत में आ गयीं। मन्थर गति से काफिला बढ़ चला।

"हिन्दुस्तान में कोई जगह ऐसी है, जहाँ हर छह गज़ पर आदमी न हो ?" चैरी ने अँग्रेज़ी में कहा।

"तुम्हीं गाँववालों की मेहमाननवाज़ी देखना चाह रही थीं," मैंने जवाब दिया और पथ-प्रदर्शक के साथ हो ली। उसे बोलने-बतियाने से आपत्ति नहीं थी।

पता चला, वे सब अकाल-राहत के नाम पर बन रहे तालों की मिट्टी खोदकर लौट रहे थे। रेत से उनके कपड़े, चेहरे और सिर के बाल यूँ सराबोर थे

कि समझ में आया, क्यों वे मुझे चूना-मिट्टी की मूर्तियों जैसे लगे थे। मन्दिर की तरफ़ बढ़ते-बढ़ते मैंने देखा, उनकी आँखें निस्तेज नहीं थीं। शायद इसलिए कि अब वे अनन्त प्रतीक्षा की साधना में नहीं थे, निश्चित गन्तव्य की तरफ़ जा रहे थे। बातों में पता चला, इससे अधिक प्रभावी कारण भी था। आज, बहुत दिनों की बकाया मजूरी मिली थी, इसलिए धूप से झुलसे और रेत से लिपे-पुते चेहरों पर भरपेट खा पाने का सुख टिमटिमा रहा था।

"चल सकोगी ? फफोले कैसे हैं ?" मैंने चैरी से पूछा।

"चुप !" उसने घुड़ककर कहा। उन लोगों के सामने वह लज्जित हो आयी थी।

ओरण से भी पहले मुझे कुआँ दीखा। मन्दिर के सामने। प्यास भड़क उठी। अब तक पता नहीं कैसे, मैं अपने हलक की खुश्की को पैरों तले रौंद रही थी। अब जैसे तलवों पर मलहम का लेप हो गया, मैं तेज़-तेज़ चलने लगी। पर गला रेत का ढूह बन गया, किरकिर करती आवाज़ में पूछ ही लिया, "कुएँ में पानी होगा न ?"

जवाब मिला, "यह पाबूजी का ओरण है।"

तो ? फिर देखा सभी की चाल में तेज़ी आ गयी थी। चेहरों की चूना मिट्टी पर आस का अबरक चमक उठा था।

प्यास को फिर भी तनिक सब्र करना पड़ा। कुएँ के बजाय सब मन्दिर के द्वार की तरफ़ बढ़ रहे थे। पहले दर्शन, फिर पानी। मैं और चैरी भी मन्दिर के भीतर पहुँच गये पर मुझे और इन्तज़ार नहीं करना पड़ा। अतिथि देख, एक आदमी पीतल की छोटी-सी लुटिया में पानी ले आया। लुटिया उसने चैरी की तरफ़ बढ़ायी। वह झिझकी तो मैंने थाम ली। मुँह खोलकर पानी की धार गले में डाली। उसे दिखला दिया, कैसे लुटिया बिना जुठलाये और पानी बिना खिंडाये पिया जा सकता है। गला तर करके लुटिया मैंने उसकी तरफ़ बढ़ा दी।

"मेरे झोले में पानी है," उसने अँग्रेज़ी में कहा।

"पी लो," मैंने कहा, "वे बुरा मानेंगे।"

उसने लुटिया ले ली, मुँह खोला, लुटिया ऊपर की, पर पानी की धार मुँह में गिरी नहीं। सिर्फ़ मैंने देखा।

"कुएँ का पानी है। इसमें कौन-सा बेक्टीरिया नज़र आया तुम्हें ?" मैंने गुस्से से कहा।

"मेरे पास पानी है," उसने कहा।

"और तुम्हारे पाँव में फफोले हैं," मैंने तंज के साथ कहा।

उसने चुपचाप लुटिया लौटा दी।

मन्दिर में प्रसाद भी मिला। चैरी इधर-उधर हो गयी। पथ-प्रदर्शक ने हमें

घर चलकर जीमने का न्यौता दिया पर मैंने क्षमा माँग ली। हमारे झोले में खाना था। रात हम वहीं बिताना चाहते थे। सुबह गाँव देखने आएँगे। पानी के ताल, टाँके, कूँडियाँ देखना चाहते थे, बावड़ियाँ जोधपुर में देख ली थीं।

"हाँ, टाँकों में अब भी पानी है," पुजारी ने आह भरकर कहा, "बाक़ी सब सूखा-ही-सूखा है। सरकार गाँव में ट्यूबवेल खोदती है और पानी जोधपुर शहर को पिलाती है। हमारे कुएँ सूखते जाते हैं। बस, इस कुएँ में पानी है। पर यह तो पाबूजी का ओरण है।" हाथ जोड़ उसने माथे से लगाये, फिर कहा, "सुना है कायलाना झील भी सूख गयी।"

"हाँ," मैंने कहा, "हम देखकर आये हैं। पर यहाँ ताल भी तो खोदे जा रहे हैं, राहत-कार्य के अन्तर्गत।"

पुजारी ऐसे हँसा जैसे रो दिया हो। "जहाँ धरती में पानी न हो, वहाँ ताल खोदने का लाभ ? पर ठीक है...मजूरी तो मिलती है। ज़माना तो जब होगा, होगा।" उसने कहा।

मुझे मायूसी ने घेर लिया। मैं बाहर आ गयी। देखा, चैरी कुएँ की जगत पर जमा राहत-मज़दूरों की फ़ोटो खींच रही थी। लोग ख़ुश नज़र आ रहे थे। बच्चे एकटक उसे निहार रहे थे। वह ख़ासी हिन्दुस्तानी लग रही थी। गोरी असमिया। कुएँ को देख अधबुझी प्यास हिलक उठी। मैंने पानी पिया और प्यास से निवृत्त होने पर मुझे ओरण दिखा। काफ़ी लम्बे-चौड़े विस्तार में असंख्य खेजड़ी के पेड़। दूर-दूर सही पर दूर तक। रेगिस्तान का अरण्य।

"यहाँ के पेड़ काटे नहीं जाते न ?" मैंने पूछा।

"न...न," पासवाले ने ज़बान काटकर कहा, "दाहकर्म के लिए ज़रूरत होती है तो नीचे गिरी लकड़ी या सूखी टहनियाँ बीन लेते हैं। यह पाबूजी का ओरण है। सरकार ने जब भी कोशिश की, पछाड़ खायी। पता है, पिछले साल एक सरकारी अफ़सर आया था, ज़मीन की नाप-जोख करने। मन में वृक्ष काटने का पाप होगा, ओरण में प्रवेश करते ही चकरघिन्नी खाकर जो गिरा, तीन महीने तक चल-फिर नहीं पाया। तब से कोई नहीं फटका। यह पाबूजी की सम्पत्ति है।" उसने श्रद्धा के साथ हाथ जोड़े।

"हम जा सकते हैं वहाँ ?"

"अवश्य-अवश्य !" पुजारी ने कहा।

मैंने चैरी का कन्धा छुआ और हम दोनों ओरण में प्रवेश कर गये। तब तक अँधेरा घिरने लगा था। रात झुटपुटे से आगे निकल आयी थी। जिसे मैं ढलता सूरज समझ रही थी, दरअसल वह उगता चाँद था। अभी उसका प्रकाश पीला और उदास था, अँधेरे से जूझने में अशक्त। पर तपे तलवों के नीचे धरती शीतल हो चली थी। उस निविड़ अन्धकार और निविड़तर मौन में हम दोनों चुपचाप ओरण

में काफ़ी दूर तक चलते चले गये। फिर मूक सहमति से रुक गये। अन्धकार, धूमिल चाँद और खेजड़ी के पेड़ों के अलावा, दूर-दूर तक हमारे सिवा कोई नहीं था।

मैं ज़मीन पर पसरकर अपने तलवे सहलाने लगी। चैरी झोला कन्धे पर लटकाये-लटकाये बैठ गयी।

"झोला उतारो," मैंने कहा, "कुछ खा-पी लो। मेरा मन्दिर में हो गया।"

वह न कुछ बोली, न झोला उतारा। विमूढ़-सी सामने ताकती बैठी रही।

"यहाँ तो हर छह गज़ पर आदमी नहीं है," मैंने कहा।

वह फिर भी कुछ नहीं बोली।

मैं लेट गयी और आँखें बन्द कर लीं।

हवा का नामोनिशाँ न था। सूरज की तपाती, पिघलाती गरमी नहीं थी पर उमस भरपूर थी। तनिक हवा चलती तो जीवन का आभास होता। मैं आँखें बन्द किये प्रतीक्षा करती रही कि हवा का एक झोंका, झकोरा न सही, हलका कम्पन, साँस की आवाजाही जैसी नाममात्र की हरकत, बदन को सहलाए तो सो जाऊँ। पर वहाँ सब कुछ ठहरा हुआ था, श्मशान की तरह। घबराकर मैंने आँखें खोल लीं। चाँद ने अँधेरे के साथ मोर्चा लेना शुरू कर दिया था, बस इतना कि उसकी पीली रोशनी दूधिया होने लगी थी और उसके झुकामुखी उजास में, प्रेतों-से खड़े खेजड़ी के पेड़ देखे जा सकते थे। अपनी-अपनी जगह स्थिर वे काले कृषकाय पेड़। हवा होती भी तो क्या हिलता ? उन पेड़ों में टहनियाँ थीं कितनी ? बस ठूँठ-सा तना, शाखाओं के अभाव में लूलों की तरह आकाश की तरफ़ निष्पलक मुख उठाये। ये बिरिच्छ थे या कंकाल ? मानव कंकाल। यह पितृवन ही था न, पुजारी कहता था, केवल दाहकर्म के लिए सूखी लकड़ी बीनी जाती है। झूठ ! बीनी नहीं, काटी जाती है। सूखी तो सब हैं ही। न जाने कितने लोग मरते हैं रोज़ यहाँ कि सारे पेड़ चिता चिनने को काट डाले गये। एक-एक पेड़ एक-एक लाश का प्रतीक था।

हौले से मैं चैरी के पास सरक आयी। वह वैसे ही बैठी थी। अवाक्। उमस और बढ़ गयी थी। उसके कपड़े पसीने से चिपचिपाकर बदन से चिपक रहे थे। मैंने छूकर देखा। मेरा स्पर्श निरुत्तर रहा। चाँदने अँधेरे की अभ्यस्त नज़रों से मैंने उसे ग़ौर से देखा। उसकी आँखों से आँसू बह रहे थे।

"चैरी," मैंने धीमे-से पुकारा।

"किसी को घर छोड़कर भागने पर मजबूर नहीं होना चाहिए," उसने कहा।

"अकाल पड़ने पर जाना पड़ता है। बारिश होते ही लौट आते हैं। वह इनकी नियति बन चुकी है।"

"नियति ! नियति, धर्म, अन्धविश्वास ! इनसे उबरकर कभी बाहर आ पाओगे तुम लोग ? यह धार्मिक स्थल है। इसलिए यहाँ के पेड़ छाँटे तक नहीं

जा सकते, जबकि और जगह सरकार जंगल-के-जंगल काटती जा रही है। देखा नहीं था, कायलाना झील के कैचमेण्ट एरिया में पत्थर की खुदाई हो रही थी। पक्के मकान समृद्धि के द्योतक हैं न," वह तैश में आ गयी।

"अब तो यहाँ के पेड़ भी कटने लगे। देखो ये ठूँठ।"

"वह इसलिए कि कटे नहीं। छँटाई होती रहती तो नयी शाखाएँ फूटतीं। पेड़ फैलता, चौड़ा बनता। देखा नहीं था रास्ते में ? पर नहीं। अन्धविश्वास है तो वृक्ष काटा नहीं जाएगा। खड़ा रहेगा कंकाल-सा। न टहनी, न पत्ते।"

ठीक कह रही थी वह। रेगिस्तान का कल्पतरु रेगिस्तान की ज़रूरत और आबोहवा के अनुरूप ढला है। छँटता है तो फैलता है, तना कटे तो सूख जाता है, अनछुआ रहे तो वैरागी बन स्थविर हो जाता है। पर छाँटने और काटने के बीच का सूक्ष्म अन्तर बनाये रखना...मैं उससे कहती, उससे पहले उसने कहा, "मेरी तरह।"

"क्या ?"

"मेरी तरह हैं ये पेड़। न शाख, न पत्ते। पर ज़मीन है इनके पास। मेरी तो जड़ें ही छूट गयीं। मैं कभी लौट नहीं सकती।"

"लौटने की ज़रूरत क्या है तुम्हें। सम्पन्न देश की नागरिक हो, जो अपना कचरा और ज़हर दूसरे देशों को भेज देता है।"

चाँद काफ़ी मुहिम तय कर चुका था। अब ठीक हमारे ऊपर था और पहले से कहीं ज़्यादा चमकदार। वह चाँदनी में नहायी साफ़ नज़र आ रही थी। उसने चौंककर मुझे देखा। उसका हाथ उठा और मेरे कन्धे पर टिक गया। दुनिया-भर की थकान मुझ पर हावी हो गयी। मैंने लेटकर दोबारा आँखें बन्द कर लीं।

जो कहा, वह नहीं, मैं उससे कुछ और कहना चाहती थी। उसे समझाना चाहती थी कि धर्म में आस्था, अन्धविश्वास नहीं, सूझबूझवाली रणनीति थी। अगर एक बार ओरण के पेड़ छँट जाते, लोगों का भ्रम टूट जाता कि देवालय का वन अलंघ्य है तो कोई ताक़त उसे बचाये नहीं रख सकती थी। धर्म का विधान हटते ही, पेड़ छँटते नहीं, बेरहमी से काटे जाने लगते। सरकार ख़ुद अपनी विकास योजना के लिए ज़मीन हथिया लेती या आरक्षित गुण्डों के संरक्षण में कोई सम्पन्न परिवार उस पर कब्ज़ा जमा लेता। न ओरण बचता, न उस पर उगी सेवन घास। थोड़ा-बहुत चारा और लक्कड़ जो जनसाधारण को अब मिलता था, वह भी हाथ से निकल जाता। धीरे-धीरे कुआँ भी सूख जाता।

मैं जानती थी, सुनकर वह कहेगी, तुम्हारी सरकार अभी भी गुलाम देश की सरकार है क्या ? जानती थी क्योंकि वही मैं अपने से कह रही थी। मैं उसे समझा सकती थी कि जैसे उसका देश अमरीका अपना कचरा और ज़हर फेंकने के लिए ग़रीब देशों का इस्तेमाल करता है, वैसे ही हमारे देश का सम्पन्न वर्ग ग़रीब तबके

का करता है। सरकार सम्पन्नता की प्रतिनिधि है। हम ख़ुद अपने उपनिवेश हैं।

जब तक ख़ुद मैंने यह सब समझा, बहुत देर हो गयी। निस्तब्धता अन्धकार की तरह गहराकर, पूरे ओरण को निगल गयी। पत्ता पहले ही नहीं खड़क रहा था, अब जैसे धरती-आकाश सब सो गये। ज़रा वक़्त बीता तो उस चुप्पी को तोड़ पाना नामुमकिन हो गया। पहले कहती तो कहा जाता। अब निःशब्दता आस्था की वस्तु बन चुकी थी। मेरी समझ में आ रहा था, निर्वाण का क्या रूप होता होगा। ऐसा ही गहन सघन मौन। ऐसा ही निर्वाक अन्धकार। अनन्त आकाश और धरती का ऐसा ही निर्बाध विलय। आसमान में छिटके कितने-कितने तारे मूक थे। प्रहरी-से खड़े खेजड़ी दम साधे चुप थे। मैं और चैरी उस अनादि-अनन्त मौन के साक्षी भर नहीं, उसके अंश थे। मैं भीतर ही भीतर और-और चुप होती चली गयी।

उजाले के पहले स्पर्श के साथ हवा ने भी साँस छोड़ा। उसके उच्छ्वास ने मुझे जगा दिया।

चैरी वैसे ही बैठी थी।

ये क्या रात-भर नहीं सोयी ?

मुझे जगा देख वह धीमे से मुस्करायी और झोला सँभालकर उठ खड़ी हुई।

मन्दिर में घण्टियाँ बजने लगीं।

मुझे उठना पड़ा।

मन्दिर की तरफ़ जाते-जाते मैं ठिठककर खड़ी रह गयी! ओरण की सरहद पर यह इतना हरा-भरा, चौड़ा खेजड़ी का पेड़। रात तो नहीं देखा था।

"आश्चर्य है," मैंने कहा।

चैरी मुस्करायी, जैसे वह उसका अपना रहस्य हो।

मुस्करा तो मैं भी रही थी। मन ऐसे खिल उठा था जैसे बारिश पड़ गयी हो। हवा ने भी साथ दिया। मैंने नथुने फुलाकर साँस लिये और वृक्ष के छितराये छज्जे के नीचे पल-भर ठहरी रही। तो यह अकेला प्रहरी ओरण की लक्ष्मण-रेखा के बाहर था। या सरहद की पैमाइश दुरुस्त नहीं हो पायी थी। होती कैसे, हर सरकारी अफ़सर को तो लकवा मार जाता था। मैं हँस दी। ख़ुश रहो, आज़ाद बिरिच्छ, तुम पर कोई शासन लागू नहीं होता।

"रात के अँधेरे में यह हमें दिखा ही नहीं," मैंने ललक के साथ चैरी से कहा।

"शायद था नहीं," उसने कहा।

"क्या !"

उसने और कुछ नहीं कहा, सधे क़दमों से कुएँ की तरफ़ बढ़ने लगी। 'मुझे अपने विस्मय से उबरने में समय लगा। जब तक मैं वहाँ पहुँची, चैरी कुएँ की

जगत पर बैठी, पीतल की लुटिया बिना जुठलाये, हलक में पानी की मोटी धार उतार रही थी। चेहरे पर आनन्द और तृप्ति का भाव था।

"झोले का पानी ख़त्म हो गया ?" मैंने पूछा।

"मैंने खेजड़ी में डाल दिया," उसने कहा।

"और वह रात ही रात में हरा-भरा हो गया।" मैंने कटाक्ष किया। इसी बूते पर हमारे अन्धविश्वास को कोस रही थी।

"नहीं," उसने कहा, "वह तो पाबूजी का मुझसे करार था।"

"क्या मतलब ?"

"तुम बहुत गहरे सोयीं रात। मैं पूरा वक़्त जगी रही।"

"फिर ?"

वह देर तक मुझे देखती रही, निःशब्द। मुझे लगा, रातवाली चुप्पी फिर पूरे माहौल पर छा गयी। कुछ देर पहले चिड़ियों का कलरव सुना था। अब वे किसी रहस्य से पर्दा उठने के इन्तज़ार में मौन हो गयीं। मन्दिर में घण्टियाँ बजनी बन्द हो गयीं। प्रभात का खिलता उजाला क्षण-भर को अँधेरे की मानिन्द मौन का संगी बन गया। लगा, बरसेगा। और नहीं तो छींट-से-छींट मिल ही जाएगी। मैं इन्तज़ार करती तो किसका ? मुझे शब्द नहीं, उत्तर चाहिए था। और चैरी की दृष्टि में पर्याप्त उत्तर था। प्रश्न दोहराना निरर्थक लगा। तभी मन्दिर में एक बार फिर घण्टियाँ टनटना उठीं। उनके स्वर-से-स्वर मिलाकर चैरी ने कहा, "मैं। वापस नहीं जाऊँगी।"

यह उत्तर था, मेरे प्रश्न का, जो मैं पहले ही उसकी आँखों में पढ़ चुकी थी। फिर भी पुष्टि के लिए पूछा, "कहाँ, चीन ?"

"नहीं, अमरीका। तुम्हें पता है, चीन में सरकार दुबारा जंगल उगाने की कोशिश कर रही है। पर वहाँ अब चिड़ियाँ नहीं रहीं।"

"तो ?"

"यहाँ दोनों बचाये जा सकते हैं, पेड़ और उनके दूत।"

उसने पानी की लुटिया मुझे पकड़ा दी और उठकर खड़ी हो गयी।

"ख़ैर," उसने कहा, "वह सब सोचकर तय करनेवाली बातें हैं। समय लगेगा। अभी तो..." वह मेरे कान के पास ओठ रखकर फुसफुसायी, "दिशा मैदान को जाना है।"

"पता करती हूँ," मैंने गम्भीर रहने की कोशिश की, पर हँसी आ ही गयी। वह भी हँस दी।

निर्दिष्ट ठौर की तरफ़ जाते हुए नज़र फिर उस चौड़े हरे खेजड़ी पर पड़ी। मैंने देखा, चैरी उसे फ़ौजी ढंग से सलाम कर रही थी।

अक्स

मैंने ख़ुद को समझा लिया था कि वह मुझे असाधारण इसलिए लगता था क्योंकि वह आम हिन्दुस्तानी आदमी से बिल्कुल अलग था। उसकी आँखें हरी-भूरी थीं, बाल सुनहले थे, त्वचा का रंग सुनहला गोरा था और वह एक ख़ास अन्दाज़ में मुस्कराता था। हिन्दुस्तानी मर्द उस तरह मुस्कराने की ज़रूरत नहीं महसूस करता, ख़ासकर तब जब वह औरत को अरसे से जानता हो।

वह कशिश जो उसके मौजूद होने से माहौल में पैदा हो जाती थी, और कुछ नहीं, एक अलग नस्ल के आदमी का अलग रंग-रूप, अलग परिचय था। असाधारण नहीं, बस अलग, आस-पास के लोगों से अलहदा।

मैंने ख़ुद को समझा रखा था कि अगर मैं कभी यूरोप गयी और वहाँ उसे उसके अपने परिवेश में देखा, उसके रंग-रूप के अन्य पुरुषों के बीच, तो उसका वह नितान्त निजी आकर्षण धूमिल पड़ जाएगा। करिश्मा ख़त्म हो जाएगा। वह हरा उजास, जो उसकी आँखों में कौंधने पर, मेरे भीतर सब कुछ तिड़का देता था, मामूली रंग बनकर रह जाएगा, जो जमावड़े के हर आदमी की आँखों में दिखलाई देगा। मामूली ही नहीं, आवृत्तिपूर्ण और अनिवार्य। काले के बीच में हरा रंग मानी रखता है। हरे के बीच में हरा, या चलो कुछ गहरा या हलका भूरापन लिये, क्या होगा असाधारण उसमें ?

शायद इसीलिए मैं यूरोप जाने से कतराती थी। कौन चाहेगा जानना कि उँगली का हीरा, हीरा नहीं पत्थर है, जिसका सड़क पर होना लाज़िमी है, सड़क के लिए ख़ुशकिस्मती नहीं।

दसेक साल हो गये होंगे मुझे उसे देखे या कुछ ज़्यादा। ऐसा भी हो सकता था कि पेरिस या रोम की सड़कों पर मैं उसे देखती और पहचान तक न पाती। इतने लोग होते जो उसकी तरह दीखते कि आम आदमी की तरह वह उनके बीच बिला जाता।

इतने बरसों, न कभी मैं यूरोप गयी, न उसका पता ढूँढ़ने की कोशिश की। कह तो मैं ऐसे रही हूँ जैसे यूरोप जाना बहुत आसान हो। उतने पैसे...

अब अचानक यूरोप जाना तय हो गया। क्यों...कैसे...क्या करेंगे जानकर ? बस हो गया।

मैं पेरिस जाना चाहती हूँ...मैं पेरिस नहीं जाना चाहती...जाना चाहती हूँ...नहीं चाहती...चाहती...नहीं...क्या बतलाऊँ आपको, किस तीखी ख्वाहिश के साथ मैं पेरिस जाना चाहती थी। कभी-कभी लगता, चाहत के बोझ तले मेरी आँतें फट जाएँगी। और ठीक जिस वजह से मैं वहाँ जाना चाहती थी, उसी वजह से नहीं भी जाना चाहती थी।

पर अब...जब जाने का मौक़ा हाथ आ ही गया...जाऊँ एक बार और जाकर आज़ाद हो जाऊँ, इस बेमतलब, बेमुरव्वत सम्मोहन से, जिसने मुझे बरसों से मोहपाश में बाँध रखा है, ऐसे कि हर आदमी में उसका अक्स तलाशती हूँ और कोई आदमी मुझे आदमी-सा नहीं लगता। सब-के-सब ग़लत रंगों से पुते रोबोट लगते हैं, ख़ासकर उनकी आँखें। आँखों से क्यों नहीं मुस्कराते ये लोग ? क्या इसलिए कि उनका रंग हरा नहीं है ? हो सकता है, प्रकृति ने जिन लोगों को हरे रंग की आँखें दी हों, वही, केवल वही आँखों से मुस्करा पाते हों। हो सकता है, प्रकृति में इस तरह की बातें होती रहती हैं। अब देखिए न, बत्तख पानी में तैर पाती है, मुर्ग़ी नहीं।

मैं पेरिस जाऊँगी तो देखूँगी, सब आँखों से मुस्करा रहे हैं, भरपूर नज़र मुझ पर जमाकर मुस्कराये जा रहे हैं, गुपचुप, इतनी देर कि मैं लाचार बँधी-सी रह जाती हूँ। और तब, जब मुझे लगने लगता है कि मुस्कराहट और देर कायम रही तो मैं कोई बेहद बचकानी हरकत कर बैठूँगी, वह होठों पर फिसल आती है और सब कुछ सामान्य हो जाता है।

देखिए, हँसिए मत। होता तो है ऐसा। हरे रंग की मुस्कराहट ऐसी ही रोमांचक होती है, पर अकेली हो आपसे बावस्ता, तब न। अब आपके चारों तरफ़ घेरा डालकर दस-बीस हरी मुस्कराहटें भक-भक जलने लगें तो क्या खाक रोमांच होगा !

तो जाऊँ पेरिस और एकबारगी इस खामख़याल जकड़ से आज़ाद हो जाऊँ ?

फिर ? आज़ाद होने के बाद ? फिर क्या होगा ?

होना क्या था ? एक अदद दुनियादार आदमी को पकड़कर उसके साथ ज़िन्दगी बसर करूँगी। वह कहते हैं न जिसको, विवाह। दिन में लौंग-जीरे का बघार देकर दाल बनाऊँगी, रात को आलू-मेथी की सब्ज़ी। सर्दियों में नीबू का अचार डालूँगी, गर्मियों में आम का। घर चुस्त-दुरुस्त रखूँगी, मेहमानों की

घिसी-पिटी बातें मुस्कराकर झेलूँगी। महीने की पहली तारीख़ को रुपये गिनूँगी और बाक़ी तीस दिन ख़र्च का हिसाब रखूँगी। और...और मातृसुख भोगूँगी। दो या तीन बच्चे पैदा करके उन्हें पालूँगी, उनके सुख को अपना सुख मानूँगी, उनके दुःख से दुःखी होऊँगी और मरते वक़्त अपना कपड़ा-जेवर बहू-बेटी को बाँट सकने का सन्तोष पाऊँगी। अहा, जो मेरा प्राप्य है, सब प्राप्त करूँगी मैं।

अब देखिए न, एक आदमी पास बैठा उबासी लेता रहे तो तसल्ली रहती है कि चलो कोई है पास, मरेंगे तो मरघट तक ले जाएगा। वरना क्या है, वही निपट अकेले। दस साल पहले, धुन्ध के दिन देखी हरी मुस्कराहट को क्या करें, ओढ़ें या बिछाएँ। और क्या पता उसकी आँखों का रंग हरा था भी या धुन्ध की वजह से लगा था। बहुत तेज़ नज़र तो अपनी कभी रही नहीं। कम उम्र के थे तो चश्मा लगाने में हेठी होती थी, इसलिए जितना दीख पाता था उसी से काम चला लेते थे, अब तो ख़ैर चश्मा लगाये रहती हूँ हरदम, उम्र हो गयी।

मुझे लगता है इन दस-पन्द्रह सालों में लोग बदल भी काफ़ी गये हैं। हो सकता है, पहले ये भी मुस्कराते हों उसकी तरह आँखों से, मैंने देखा न हो। अब चलन न रहा हो। भई, फैशन का क्या ठिकाना, रोज़ बदलता है। लिबास बदल सकता है, अदाएँ नहीं ?

सब कहते हैं ज़िन्दगी तबाह कर ली मैंने। जानते हैं क्यों ? शादी नहीं की। हिन्दुस्तानी औरत हूँ, कोई मज़ाक़ है। कितने लोग आये मुझे देखने। सज-धजकर बैठा की मैं उनके सामने। वे तका किये घूर-घूरकर मुझे और मैं ढूँढ़ा की एक मुस्कराहट उनकी आँखों में।

एक बार तो एक आदमी ऐसा आया जिसकी आँखें हरी थीं। भूरी-हरी। सच। पर ऐसी सूनी-सपाट जैसे कंचे जड़े हों पुतलियों की जगह। कैसी झुरझुरी उठी बदन में, क्या बतलाऊँ। वे हरी आँखें, तौलते तराजू की बाट-सी, अपलक देखे जाएँ मुझे और मैं बैठी-बैठी सोचा करूँ, नहीं, सब हरी आँखें नहीं मुस्कराया करतीं। ग़लत कहा मैंने आपसे। समझा रखा था न ख़ुद को पर समझी कहाँ। इतना आसान हो भी कहीं।

वह हरी-भूरी आँखोंवाला तौल-तौलकर ताके मुझे और पूछे, "शादी के बाद भी आप नौकरी करना चाहेंगी ?"

तब तो मैं ही मुस्करा दी आँखों से पर उसने भला देखा थोड़ा होगा। पूछा मैंने उलटकर, "आप क्या शादी करने की सोच रहे हैं ?"

"और क्या। इसीलिए तो आया हूँ यहाँ !"

"यहाँ क्यों ? शादी होती है मण्डप तले या फिर मन्दिर में या कचहरी में। यह तो मेरा घर है।"

तब जाकर उसकी कंचे जैसी सूनी आँखें हकबकायीं, जैसे पलड़े में सेर के वजाय पाव का बाट चढ़ गया हो।

"मेरा मज़ाक़ उड़ाया जा रहा है।" उसने ग़ुस्से से कहा।

"अरे मियाँ, तो हँसो। गुस्साते क्यों हो ?" मेरी बात पूरी भी नहीं हुई थी कि वह उठकर चल दिया।

बाद में मैंने सोचा, ज़्यादती थी मेरी। आख़िर धुन्ध से घिरी खुली सड़क पर टकरा जाने और बिजली की रोशनी से सिंके कमरे में दो-चार होने में फ़र्क़ है। हो सकता है खुली सड़क पर इसकी आँखें भी मुस्कराती हों, जब इसे यह फ़िक्र न सता रही हो कि इसकी होनेवाली बीवी कहीं शादी के बाद नौकरी तो नहीं करना चाहेगी।

दरअसल, मुझे करना यह चाहिए था कि जोड़-तोड़ करके पैसे जमा करती और यूरोप चली जाती। इतना तो कर ही सकती थी कि दो-चार साल में इस लायक़ हो जाती कि एक चक्कर लगा आती और उस हरे धुँधलके की गिरफ़्त से बाहर आ जाती।

पर देखते-देखते दस साल बीत गये। पैसे जमा करना इतना आसान था क्या ! इस बीच माँ-पिताजी दोनों स्वर्ग सिधार गये, भाई-भाभी ने मुँह फेर लिया। अकेली जान मैं, कहाँ पैसा बचाती, कितना पेट काटती।

धत् ! कर दी न हमदर्दी पैदा आपके मन में। चाहूँ तो अपनी व्यथा-कथा कहकर अभी आपको रुला दूँ। पर छोड़िए। दग़ा देने को जी नहीं चाहता। अब कहने बैठी हूँ तो सच ही कहूँ। सच, मैंने मन लगाकर पैसे जमा ही नहीं किये। कर लेती तो जाना पड़ता न वहाँ, झेलना पड़ता हरी मुस्कराहटों का जंगल, शिकार हो जाती मामूलीपन का। मोहभंग होता ऐसा ज़बरदस्त कि लौटकर कंचे-कंचे आँखें थाम बैठ जाती।

फिर अचार डालती, चिउड़ा भूनती, कपड़े धोती-सुखाती...

धत् ! फिर वही ओढ़ी हुई व्यथा। ज़रूरी तो नहीं कि यही किया जाए। शादी के बाद भी मैं नौकरी करती रह सकती थी। फिर ज़रूरी तो नहीं कि पास बैठा आदमी उबासी ही ले, चटपटी बातें भी कर सकता है। होने को क्या नहीं हो सकता। पहले अपने मोह से छुटकारा तो मिले। कौन जाने कोई मुस्करा ही दे आँखों से।

दस-पन्द्रह साल बीत ही गये फिर भी। अब तो मुझे उसका चेहरा भी ठीक से याद नहीं। पेरिस के हवाई अड्डे पर उतरूँगी तो हर आदमी उस जैसा लगेगा। कहीं दीख गया तो पहचान तक नहीं पाऊँगी।

नहीं पहचान पायी तो ?

अच्छा है। मोहभंग होगा पूरी तरह। आज़ाद हो जाऊँगी मैं। वह मेरे सामने

से गुज़र जाएगा और मैं अटैची सँभालती रह जाऊँगी। पटाक्षेप धुन्ध छँट जाएगी। ज़िन्दगी नाटक से बाहर निकल आएगी। लौटकर मैं...जी पाऊँगी।

2

...किस क़दर थक चुकी हूँ। कितने शहरों में घूम ली, पेरिस, मिलानो, रोम, जेनीव, लन्दन, वेनिस। हरी आँखोंवाला आदमी नहीं दीखा। नहीं, मैं मज़ाक़ नहीं कर रही। मज़ाक़ करने की कूवत अब नहीं रही। इतना थक गयी। आँखों की रोशनी और धुँधली हो गयी। बाहर पेड़ अपने तमाम पत्ते झाड़ चुके। कितने रंग-बिरंगे पत्ते थे, जैसे इन लोगों की आँखें। इतने-इतने रंगों की आँखें ! उफ़, कोई कब तक नज़र जमाये रहे, कब तक धुँधलाने से बचाये रखे, जब यों भी नज़र कभी तेज़ न रही हो।

पता नहीं यह कौन-सा शहर है, कौन-सा मकान जिसकी खिड़की पर खड़ी मैं आज के दिन बाहर देख रही हूँ ? अब तक इतने शहर बदल चुकी हूँ कि नाम याद रखना मुश्किल है। फ़र्क़ भी क्या पड़ता है, कोई शहर हो और कोई दिन। हर दिन आज का ही दिन होता है। और शहर...वही धुन्ध, वही ठूँठ हुए, श्मशान में महाब्राह्मण-से तटस्थ खड़े पेड़। कभी रहे होंगे जवान ये। कभी खिले होंगे हरे रंग के पत्ते इनकी बाँहों में।

हाँ, याद आ रहा है, शुरू-शुरू में मैं यहाँ आयी तो इनका रंग हरा था। धूप फिर भी धूप थी, चटख न सही, रोशन ज़रूर।

सोचकर ताज्जुब होता है, पेरिस के हवाई अड्डे पर उतरी तो कितनी चौकन्नी थी। धूप भी तो ख़ुशदिली से खिली थी उस दिन। कितना चुस्त था बदन, कितनी पैनी थी मेरी नज़र ! चश्मा तो ख़ैर लगा हुआ ही था। छोड़िए न, क्यों बार-बार खींचकर ज़मीन पर पटक देते हैं, एक वक़्त आएगा जब उसी पर जीना होगा, इतनी कमनज़र लेकर कि आँख ऊपर उठाऊँगी तो कुछ दीखेगा ही नहीं। पर तब तक ऐसा नहीं था। चश्मा बेअसर नहीं हुआ था। कमर मेरी सीधी थी, कन्धे चौड़े, आँखें चौकन्नी कि बस उस जैसा कोई दीखने ही वाला है।

सोचा था अधपहचाना-सा कोई दीख भर जाए, मैं दौड़कर अपना हाथ उसके कन्धे पर रख दूँगी। वह चौंककर मुझे देखेगा। उसके होठों पर मुस्कराहट खिल आएगी। नहीं...उसके होठों पर मुस्कराहट नहीं खिलेगी, हरी आँखों में पहले अचरज, फिर असमंजस का भाव तैर जाएगा। अजनबी होगा न ! अपना वहम पहचानकर मैं हाथ उसके कन्धे से हटा लूँगी, मुस्कराकर माफ़ी माँगूँगी। उसकी आँखें मुस्कराकर मेरा अभिवादन लौटाएँगी और वह चला जाएगा।

यह एक बार नहीं, बार-बार होगा। इतनी बार मुझे औरों में उसके होने का

वहम होगा कि उसके अलहदा और सिर्फ़ मेरे लिए होने का वहम टूट जाएगा। मैं आज़ाद हो जाऊँगी। लौट जाऊँगी अपने देश, अपने दफ़्तर, अपनी सीमित धरती पर जीने।

पर ऐसा नहीं हुआ। एक बार भी मुझे किसी अधपहचाने चेहरे को पूरी तरह पहचान पाने की ललक में ठिठककर खड़ा रह जाना नहीं पड़ा। और तो और, रंग-बिरंगी आँखोंवाले गुज़रते रहे मेरे सामने से और मैं पत्ते देखती रही।

गुज़रते क्या हैं, ये लोग तो दौड़े चले जाते हैं। इतनी जल्दी किस बात की है इन्हें ? कहाँ पहुँचना चाहते हैं ? ये तो देखते तक नहीं किसी की तरफ़, मुस्कराने की कौन क्या कहे। पहुँचकर मुस्कराते होंगे शायद। पर उसे तो मैंने सड़क पर देखा था, इस पार से उस पार...

अच्छा, इन लोगों की आँखें इतनी फ़ीकी क्यों लगती हैं, जैसे धोबी ने बेरहमी से पीटकर धो दी हों ? कहने को तो हरी ही हैं, या नीली या भूरी।

उसकी आँखें धुन्ध में मशाल की तरह चमक रही थीं और ये हैं कि धूप में भी बिला जाती हैं। धूप देख पाएँ तब न। आधी ज़िन्दगी तो तहखानों और रेलगाड़ियों में गुज़र जाती है। पूरा जंगल है रेलपटरियों का, तहखानों में बिछा हुआ। और रेलगाड़ियाँ हैं कि धड़-धड़ करती आती ही चली जाती हैं। हर मिनट तेज़ रफ़्तारवाली एक गाड़ी आती है, एक जाती है। कोई व्यवधान नहीं होता। लम्हे-भर को दरवाज़ा खुलता है, उबकाई लेकर बीसियों जन बाहर उगल देता है और नये निवाले निगल लेता है। फ़ीकी आँखोंवाले चौकस खड़े रहते हैं, दरवाज़ा खुले और वे बेरहम दौड़ में शामिल अन्दर घुसें या बाहर कूदें। पल-भर को तहखानों से निकलकर चम्पई या नारंगी पत्तों की छटा देखी और फिर अन्दर। दौड़ो भी तो पिंजरों में बन्द होकर, पहियों की रफ़्तार पर। ऐसी चौकन्नी आँखें मुस्कराना भूल, फ़ीकी नहीं पड़ेंगी तो क्या होगा !

फिर एक दिन मैं भी उस दौड़ में शामिल हो गयी। पर मैं जान-बूझकर कुछ रेलगाड़ियाँ छोड़ दिया करती। बीच-बीच में थके शरीर को खींचकर तहखाने से ऊपर ले आती और पत्तों के बदलते रंग देखा करती। शहर बदलकर फिर एक बार मोहभंग की उम्मीद में, खिड़की से बाहर झाँक लिया करती। वे लोग दफ़्तर पहुँचने को रेलगाड़ी पकड़ते थे, मैं रेलगाड़ी पकड़ने के लिए दफ़्तर जाया करती थी। कुछ पैसा चाहिए न रेलगाड़ी के सफ़र के लिए।

आज यह पहली बार नहीं था कि मैं बर्फ़ीली चादर में लिपटे, भिक्षु-से निरासक्त, काले डुण्ठल पेड़ देख रही थी। इससे पहले की इनकी उद्दण्ड आवारगी भी कई बार देख चुकी थी। जब हरे पत्तों की चुस्त-दुरुस्त पोशाक उतार, ये हर मुमकिन रंग का चोंगा लपेट, यों बेलौस नाच उठते थे कि ख़ुद इनकी गति से

लिबास तार-तार हो गिर जाता था और जाने-अनजाने, चाहे-अनचाहे, ये दिगम्बर संन्यासी बने रह जाते थे।

पर आज जाड़े के मौसम की पहली बर्फ़ गिर रही थी। पूरा परिदृश्य मौन में डूबा था। मैं अपने में सिमटी साँस रोके खड़ी थी। बर्फ़ गिरती है तो इतनी चुप, बेआवाज़ होती है कि उस अखण्ड मौन को तोड़ने की हिम्मत नहीं होती। उसका हिस्सा बनने की कोशिश में मैं दम साध अचल हो जाती हूँ। डर लगता है कि ज़रा भी हरकत की, साँस तक ज़ोर से खींची, तो सृष्टि की संगति टूट जाएगी।

आज भी मैं पेड़ बनी, अपनी खिड़की से नीचे बर्फ़ से ढकते जा रहे पेड़ देख रही थी कि ठीक मेरी खिड़की के नीचे उगे पेड़ ने हौले से हरकत की। अचरज के साथ मैंने देखा, जिसे मैं पेड़ समझ रही थी, वह...

हिला-डुला वह ख़ास नहीं, बस अपना चेहरा ज़रा-सा ऊपर उठा लिया। रुई के फाये-से हिमकण उसके कन्धों, बालों और ऊपर उठे चेहरे पर गिरते रहे। उस सफ़ेद परदे के बीच उसकी हरी आँखें मशाल की तरह चमक उठीं। मैं पहले से भी ज़्यादा अचल हो गयी।

दस बरस पहले का समय होता तो मैं दौड़कर नीचे पहुँच गयी होती, उसे बाँहों में भर लिया होता, चहकती-चहचहाती, उसका चुम्बन ले उसे ऊपर खींच लायी होती पर आज...जब उसकी आँखें मुस्करायीं, तब भी मैंने हरकत नहीं की, न उस अखण्ड मौन को तोड़ा। जवाब में मुस्करा ज़रूर दी। फिर उस अटूट मौन की स्वरसंगति में जड़ी उसकी मूक मुस्कराहट को पूरी तरह अपने भीतर जज़्ब करने के लिए मैंने आँखें बन्द कर लीं।

चुप्पी में कितना वक़्त गुज़रा, कह नहीं सकती पर जब मैंने आँखें खोलीं तो बर्फ़ गिरनी बन्द हो चुकी थी। काले पेड़ों ने पारदर्शी सफ़ेद नकाब ओढ़ लिये थे। और मेरी खिड़की से लेकर दूर किनारों तक मैदान बिल्कुल ख़ाली था।

खिड़की पर धुन्ध उभर आयी। शायद मेरी आँखों से चन्द क़तरे पानी गिरा होगा या सूरज के निकल आने से बर्फ़ पिघली होगी।

जो था, मैंने नलके पर जाकर मुँह धो डाला। और तब सामने दीवार पर जड़े आईने में अपना चेहरा नज़र आने पर मैंने देखा, मेरी अपनी आँखों का रंग हरा हो गया है।

अनाड़ी

सुवर्णा ने बाई की आँखों में आँखें डाल ठसके के साथ कहा, "पाव नको।" अब यह रोज़ का नियम है। पिछले दस दिनों से सुवर्णा इसी तरह कहती आ रही है, "पाव नको।" फिर भी बाई पूछती ज़रूर है। क्या जाने ले ही ले।

"चपाती ?" बाई ने मीठे स्वर में पूछा।

"नको," सुवर्णा ने फिर कहा।

बाई के मस्तक पर बल पड़ गये। "चपाती नको। पाव नको। क्या खाएगी, मेरा सिर ?"

बाई नवी-नवी बम्बई आयी है। मराठी नईं जानती। और सोचती है कि सुवर्णा हिन्दी नईं जानती। उसकी तरह एकदम नईं। बुद्धू। जानती नईं सुवर्णा कित्ती फ़िलमें देखती है। है न टी.वी. हरेक बाई के घर में। पर सुवर्णा क्यों बतलाने जाए। समझे अनाड़ी। सुवर्णा जानबूझकर मराठी बोलती है उससे। भेजा ख़राब हो जाता है बाई का, समझने में।

है बाई ख़ूब घुन्नी। हिन्दी में गाली देकर बात करेगी तो मुख पर ये मोटी मुस्कान बनाये रखेगी। आलसिन जो ठहरी। झाड़ू-फटकेवाली बाई बिग़ैर काम नईं न चल सकता।

"अरे बोल, क्या खाएगी ?" बाई ऐसे बोली जैसे घुमाकर थप्पड़ मार रही हो मुँह पर। पर होठ पर वोई मोटी मुस्कान।

सुवर्णा डरनेवाली नईं। तनकर बोली, "बिस्कुट।"

"बिस्कुट !" बाई की मुस्कान ग़ायब, जैसे बत्ती गुल। सिनेमा के अन्दर जैसे, एक बार गयी थी न सुवर्णा। तब पढ़ती थी इस्कूल में। बप्पा की छँटनी होने से पहले। टीचर बाई लेके गयी थी क्या तो फ़िलम दिखाने। एकदम बेकार। फ़िलम ना। पर मज़ा आया था फिर भी जाने में। बप्पा की छँटनी क्या हुई, सब छूट गया। पता नईं फैक्टरी में क्या तो हुआ कि बप्पा का काम नईं रहा। पूछो तो मारने को दौड़ते हैं बप्पा, छड़ लेकर। अकेले बप्पा थोड़ा हटे, सब्बी तो छुटा दिये। आई तीन छोड़ पाँच घर में झाड़ू-फटका करने लगी। साथ में सुवर्णा, भाँड़े

मलने को। आठ बरस की थी तब। अब तो बारह की हो चली। कित्ती तो जिनगी बीत गयी। फिर भी मन करता है न इस्कूल जाने को, साथ की छोकरी-सहेली से खेलने को, झूला झूलने को, बिस्कुट-दूध खाने को...।

"बिस्कुट खाएगी, वाह !" उसने सुना बाई कह रही है, "कभी खायी है पहले ?"

सुवर्णा टक लगाकर उसे देखती रही।

बाई ने इधर-उधर टटोला। एक डिब्बे से बासी भजिया निकालकर बोली, "भजिया खाएगी ?"

"नको," सुवर्णा ने कहा, "बिस्कुट।" एकदम फिल्मी हीरो माफिक।

पल-भर बाई डिब्बा और भजिया पकड़े बिटर-बिटर उसे ताकती रही। लगा पकड़कर पिटायी लगा देगी। फिर भजिया डिब्बे में पटक, दूसरे डिब्बे से दो बिस्कुट निकाल उसे थमा दिये, बोली, "ले मर।"

सुवर्णा ने बिस्कुट ले लिये।

"कल जल्दी आना सुबह...सकाले। जल्दी...जल्दी।" बाई ने हाथ हिलाकर जताया।

सुवर्णा हँस दी। हाँ करो, बिस्कुट की वसूली।

ये लोग भी अजीब होते हैं। एक दिवस अपने एक घर के भाँड़े मलने पड़ें तो मर लेंगे। और सुवर्णा है कि अकेले पाँच घरों का अक्खा काम निबटा देती है।

एक ये बाई है. दरवाज़ा खोलेगी तो ये मोटी मुस्कान फेंकेगी, जैसे सामने सुवर्णा नईं अमिताभ बच्चन खड़ा हो। अनाड़ी देखे तो ख़ुश हो जाए। आह, क्या प्यारभरी बाई है। पर सुवर्णा अनाड़ी नईं न है। ख़ूब समझती है, इन मतलबियों के प्यार-दुलार को।

वो दिवस काम पर आयी, नवी-नवी, तो सेठ कितने तो प्यार से बोला, "ले सुवर्णा, पहले केला खा ले, फिर काम करना।"

सुवर्णा ने चुपचाप केला ले लिया था। सेठ मिनट-भर टक लगा उसे देखता रहा था, फिर बाई से बोला था, "इतनी छोटी लड़की को काम नईं ना करना चाहिए।"

"हाँ," बाई वी साँस खींच दी थी, "बाप का काम छूट गया, माँ अकेली क्या-कैसे सँभाले।"

"सब यूनियनवालों की कारस्तानी है। इतना तो सोचें कि काम है तो सब कुछ है। उन्हें तो अपना उल्लू सीधा करना है। कहीं हड़ताल करवाएँगे, कहीं कुछ। उन्हें तो लीडरी चलानी हुई, भुगतें-मरें ग़रीब मज़दूर। अब हो गयी न छँटनी।"

ये सेठ लोग येई कहते हैं। सुवर्णा की समझ में नईं आता।

हड़ताल से पहले जो सेठ बस्ती में आता था, वो कहता था, हक माँगोगे तब्बी ना मिलेगा। डरो मत, क्या दिया तुम्हें फैक्टरी ने, वस ख़ून की उल्टी, टी. बी. की बीमारी और क्या !

मिलता माँगने से है, इतना तो सुवर्णा भी जानती है पर पता होना चइये, कितना माँगना है, कितना नईं। सुवर्णा जानती है तो वो लोग क्यों नईं जान पाये।

"बेचारी लड़की। हो गयी इसकी तो ज़िन्दगी चौपट," सेठ बोला था।

"बेचारी," बाई भी बोल दी थी।

अच्छा नईं लगा सुवर्णा को। अच्छा नईं लगता उसे बेचारी-बेचारी सुनना।

इतना तरस आ रहा है तो भेज दो ना इस्कूल। करवा दो उसकी पढ़ाई-लिखाई का इन्तज़ाम। ना, वो इनके बस का नईं। फिर कौन करेगा झाड़-फटका, कौन मलेगा भाँड़े। चः ! और ये बेचारी-बेचारी बी कितने दिन करेंगे। मक्कार ! मतलब पड़ा तो थमा देंगे केला या पाव। नईं चइये सुवर्णा को। उसे चइये बिस्कुट। जब तक मिले।

ख़ूब हुशियार है सुवर्णा। जो मिलता है, फौरन लेती है। कौन जाने, कब मन पलट जाए इनका।

बाई है मज़ेवाली। क्या-क्या लगाती है मुँह पर जैसे वो फ़िलमवाली बाई लोग। सुवर्णा लगाये तो ? सच, एकदम रेखा के माफिक दीखे। और ये बाई ! फिक्क करके सुवर्णा हँस दी।

पर बाई के सामने नईं हँसती वो। बड़ी आरसी के सामने बैठी बाई साज-सिंगार करती है तो सुवर्णा टक लगाकर देखती है। बाई मना नईं करती। सोचती होगी, कित्ती ख़ूबसूरत लगती है। तब्बी ना देख रही है सुवर्णा। उसकी तरफ़ ताककर क्या मोटी-मोटी मुस्कान फेंकती है और सुवर्णा बी तो हँस-हँसकर देखती है बाई को, और आरसी में ख़ुद को, पाउडर-लाली लगाये। आहा, क्या सुन्दर दिखती है सुवर्णा।

पर मुँह पर लाली-पाउडर लगाओ तो आरसी चाहिए देखने को। सबसे अच्छा लगता है सुवर्णा को नख रंगना, कभी लाल, कभी गुलाबी, कभी नारंगी। हाथ आगे करो और देख लो। गोरी लम्बी उँगलियों पर झक-झक करता रंग। रहता नईं न जास्ती दिन भाँड़े मलने में। आई से कहा लाने को एक बार, तो बस पिटायी लगा दी कसकर उसने।

उस दिन देखा, पिछले इतवार के रोज़, बाई एकदम नवा रंग लायी नख रँगने को। हाय, ताज़े कान्दे-सा गुलाबी।

चमक से खिंची आयी थी सुवर्णा, बाई के पास।

"बाई...मेरे कू..." हाथ के इशारे से रंग की बाटली दिखलाकर सुवर्णा ने जतलाया, "मेरे कू बी..."

"क्या-क्या ?" देर तक बाई समझी नईं।

सुवर्णा ने हिम्मत कर रंग की बाटली छू दी। "मेरे कू," उसने कहा।

बाई सन्न। एकदम मच्छी माफिक उसे ताकती रही।

सुवर्णा डरी ज़रूर पर हटी नईं, डटी खड़ी रही, एकदम धाँसू फ़िलम विलेन माफिक। और तब क्या तो हुआ कि बाई खी-खी कर हँस दी। एकदम फिक्क से।

चः ! ऐसे तो उसकी आई हँसती है। खी-खी ! खी-खी ! ताली देकर, घुटनों में सिर घुसेड़, पाँव हिलाकर। ना, बाई ने ताली नईं बजायी, पाँव नईं हिलाये, पर हँसी वोई जबर तरीके से। खी-खी, ही-ही, खी-खी...!

क्यों हँसी बाई, सुवर्णा समझ नईं पायी। किस पर हँसी ? सुवर्णा पर क्या ? मारे ग़ुस्से के सुवर्णा पीछे पलटी कि बाई ने उसका हाथ पकड़ उसके नख रंग डाले। रँगे क्या, बस एक बार ब्रश मारकर हटा लिया। सुवर्णा ने बाटली पकड़ने की कोशिश की तो झिड़क दिया, "चल हट छोकरी। हो गया बस।"

देर तक किचन में बैठी सुवर्णा अपने नख निरखती रही थी। चाँगला लगा नईं रंग। अपने रँगती है बाई तो कित्ता मन लगाकर। जित्ती बार रँगेगी उत्ती बार सुखाएगी। और सुवर्णा को। ऐसे जैसे कुर्सी पर फटका मार रही हो। च्चः !

इतवार था न उस दिन। सेठ क्या तो खेलकर लौटा खाने के टेम। खाने बैठा तो बाई ने पूरी कहानी सुना डाली। सुवर्णा किचन में भाँड़े मल रही थी। इतवार के दिन बड़ी मुसीबत है उसकी। जिसके घर जाओ वही कहता है, इतवार है, खाना निबटा नईं, देर से आना। सुवर्णा का मन होता है इतवार को वो बी छुट्टी मारे। पर वोई एक बात पहले दिन कहते हैं लोग, इतवार को छुट्टी नईं करना, हाँ, सेठ घर पर होता है। तो ? क्या करे सुवर्णा ? गौरमेण्ट देती है ना छुट्टी इतवार की सब्बी को। तो सुवर्णा क्यों ना करे छुट्टी ? पर...। एक बार की थी उसने इतवार की छुट्टी। घर से निकली, काम पर आयी नईं। जुहू की रेत पर लोट लगाकर वापिस लौट ली। आई ने जो पिटायी लगायी अगले दिन। गणपति रे ! हाथ का नील अब तक नईं गया।

बाई सेठ को सुवर्णा की कहानी सुना रही थी, हँस-हँसकर, धीरे-धीरे, पहले माफिक खी-खी करके नईं। सुवर्णा ध्यान लगाकर सुन रही थी। तब ना जाकर बात कान में पड़ रही थी।

"देखा ज़रा-सी छोकरी को," बाई बोली, "कहती है नाखूनों पर पालिश लगाऊँगी। भगवान बचाए बम्बई की छोकरियों से। सबकी सब फ़िलमों के सपने देखती हैं, हरदम।"

उसने सोचा था सेठ बोलेगा, अरे एक बाटली लाकर दो ना बेचारी को। इतनी छोटी लड़की को काम नईं ना करना चाहिए।

पर सेठ तो एकदम आगबबूला हो गया। आई की तरह। "क्या ! इतनी हिम्मत छोकरी की ! बुलाओ तो इधर। तुमसे नाखून रँगवाएगी। धुनकर नहीं रख दिया तुमने? अरे, निकालो बाहर चुड़ैल को। आज माँगकर ली है तो कल चुराकर लेगी।"

सुवर्णा के हाथ का नील टस-टस टीसने लगा। कहीं छड़ उठाकर पिल पड़ा तो...?

वह चुपके से किचन की दीवार से सटी-सटी बाहर खिसकने लगी कि सुना बाई कह रही है, "धीरे बोलो। क्यों चिल्ला रहे हो ? एक बोतल पालिश के मारे छुड़ाकर बैठ जाऊँ तो घर का काम कौन करेगा, तुम ! अरे बाबा, जाओ, जाकर आराम करो। औरतों का काम औरतों पर छोड़ो। अब से सारा सामान ताले में बन्द करके रखूँगी, और क्या। तुम जाओ न बाबा, बेकार तुमसे बतलाने बैठी।"

सुवर्णा वापस आ बैठी। भाँड़े मलते-मलते चेहरे पर मुस्कान खिल उठी। बाई के माफिक। निरी आलसिन है बाई। चलेगा, इसके साथ बहुत कुछ चलेगा। बारह बरस की हुई सुवर्णा, अनाड़ी नई रही कि समझे ना, किसके साथ क्या चलेगा, क्या नई।

तब्बी ना आज इतने ठसके के साथ बिस्कुट माँग लिये और बाई ने दे भी दिये। उसने बिस्कुट का एक सिरा कुतरा कि बाई के बोल याद आ गये, "ले मर।" मुँह का स्वाद ख़राब हो गया।

"मैं क्यों मरूँ ? तू मर।" उसने हिन्दी में कहा। तीन-चार बार। विलेन की तरह मुँह बनाकर। तब भी मन हल्का नई हुआ।

वह किचन से उठकर बैठक में आ गयी। चारों तरफ़ देखकर सबसे बड़े सोफ़े पर पसर गयी, ये टाँग फैलाकर, एकदम सेठ के माफिक। और उसी के माफिक धीरे-धीरे बिस्कुट कुतरने लगी। क्या बिस्कुट खाता है सेठ। दो बिस्कुट खाने में इत्ता टेम लगे कि छाया-गीत का एक गाना ख़त्म हो ले।

बिस्कुट कुतरने के साथ-साथ उसने बदन हिलाकर गाना भी शुरू कर दिया। एकदम छाया-गीत के माफिक; मेरे अँगना में तेरा क्या काम है !

"हायऽ," साँस खींचकर दूसरी बार गाना शुरू किया था कि बाई आ धमकी। मुँह खोल ताकती रही उसे, वोई बड़ी मच्छी के माफिक।

सुवर्णा बिस्कुट खाती रही। कुट-कुट। कुटकुट। धीरे, बहुत धीरे।

"अरे, तू सोफ़े पर क्यों चढ़ी बैठी है ?" आख़िर बाई चिल्लायी। वह बिस्कुट कुतरती रही। धीरे, और धीरे।

"सुवर्णा !" बाई चीखी।

अब उसे सिर उठाना पड़ा। अपना नाम नई समझती, वो नाटक़ चलनेवाला नई ना था।

पर सोफ़ा छोड़ उठी नईं। बाई को देख ऐसे मुस्करायी जैसे रेखा मुस्कराती है। है न एक फ़िलम जिसमें कामवाली बाई बनी है वो। अरे, क्या तो नाम है उसका, दिखायी थी न टी.वी. पर कुछ दिन पहले। वह माथे पर बल डालकर नाम याद कर रही थी और उधर बाई थी कि पागल माफिक चीख रही थी, "सुवर्णा ! उठ। सोफ़ा नको, नको।"

सुवर्णा ने समझा, और नईं चलेगा। अब उठना पड़ेगा। बिस्कुट का आख़िरी टुकड़ा मुँह में डाल, वह उठनेवाली थी कि बाई ने चील की तरह झपटकर उसका हाथ पकड़ लिया। खींचकर उसे सोफ़े से उठाया और घसीटती हुई बाहर ले जाने लगी।

हाथ छुड़ाने की कोशिश बेकार हुई तो सुवर्णा ने चिल्लाकर कहा, "कल से नईं आऊँगी काम पर।"

उसने सोचा था, उसकी बात सुनते ही बाई उसका हाथ छोड़ देगी और वोई अपनी मोटी मुस्कान फेंकने लगेगी। पर...अचरज ! उसके साथ बाई ने भी चिल्लाकर कहा, "कल से काम पर नईं आने का।"

उसके हाथ पर उसकी पकड़ और जबर हुई और घसीटते हुए उसे घर के दरवाज़े से बाहर धकेल दिया और खटाक से दरवाज़ा बन्द।

सुवर्णा आख़िर अनाड़ी निकली। बाई कितनी भी आलसिन हो, उसे सोफ़े पर बैठने नईं दे सकती, अपने पाँच साल के कामकाज से उसे इतना सीख जाना चाहिए था।

चकरघिन्नी

विनीता ने जीवन में अपनी भूमिकाएँ तय कर रखी थीं। आदर्श पत्नी और आदर्श माँ की। आदर्श का स्वरूप तय करने में उसे दिक़्क़त नहीं हुई थी। उसका एक ही मापदण्ड था। अपनी माँ जैसा न होना। उसकी माँ डॉक्टर थीं। लेडी डॉक्टर नहीं। उस शब्द से उन्हें ख़ास चिढ़ थी, इतनी कि बरसों तक विनीता लेडी का अर्थ कोई भद्दी गाली समझती रही थी। स्कूल में मायने बतलाये जाने पर भी वह यही सोचती रही थी कि डॉक्टर के साथ जोड़े जाने पर मतलब बदल जाता होगा। जैसे हराम के साथ जादा लगाने से। साहब के साथ लगाने में हर्ज़ नहीं था। पापा उसे साहबज़ादे ही तो कहकर पुकारते थे। माँ माथे पर बल डालकर कहती ज़रूर थीं, "वह लड़की है और मुझे उसके लड़की होने पर गर्व है।" पर पापा बाज नहीं आते थे। हँस देते थे। पापा के लिए हँसना साँस लेने की तरह था। माँ उन्हें प्यार से विदूषक कहती थीं। वैसे वे भी डॉक्टर थे। माँ की तरह हृदय रोग विशेषज्ञ नहीं, बच्चों के डॉक्टर। माँ उससे ख़ुश थीं। वे विनीता की देखभाल अच्छी तरह कर सकते थे। वे घर से ही अपना दवाखाना चलाते थे। इसलिए माँ को दिल्ली शहर के नामी, पन्त अस्पताल में, चीफ़ की ड्यूटी निभाने जाते हुए, यह नहीं सोचना पड़ता था कि विनीता को किसके जिम्मे छोड़ें।

वे आदर्श पत्नी और माँ क्यों नहीं थीं, यह विनीता नहीं जानती थी। नहीं थीं, यह ज़रूर जानती थी। सभी जो कहते थे। उसकी सहेलियों की माँ-दादी जिस छवि का वक़्त-बेवक़्त बखान करती थीं, वह उसकी माँ की नहीं थी। कभी खाना बना-परोसकर इसरार करके पति-पुत्री को खिलाया नहीं, कभी सज-सँवरकर इन्तज़ार में शाम नहीं बितायी, कभी आने-जानेवालों के सामने घर के लिए अपनी प्रतिभा होम करने का रोना नहीं रोया। कभी भूले से घर जल्दी लौट आतीं और पापा विनीता को लेकर घूमने निकले होते तो लौटने पर खा-पीकर सोयी हुई मिलतीं। पापा कहते, "धीरे बोलो, शोर मत करो। माँ को सोने दो। आओ साहबज़ादे, हम चुपचाप खाना निकालें और खाएँ," गुपचुप जैसे चोरी करने घर में घुसे हों।

बड़े होने तक विनीता यह भी जान गयी थी कि आदर्श पत्नी-माँ की जो छवि फ़िल्मों और क़िताबों में मिलती थी, वह भी उसकी माँ की तस्वीर से भिन्न थी। उसने सुन रखा था कि माँ ने उसे ज़्यादा दिन अपना दूध नहीं पिलाया था। पहले ही महीने में अस्पताल में एक बेढब केस आ निकला था और माँ उसे आया के हवाले कर, पूरे चौबीस घण्टों को ग़ायब हो गयी थीं। लौटने पर उन्होंने अपना दूध सुखा दिया था। वे अपने मरीज़ों का नुकसान नहीं कर सकती थीं। नुकसान विनीता का भी नहीं हुआ था। वह ख़ासी तन्दुरुस्त थी और बनी रही थी। सुन उसने यह भी रखा था कि उसकी आया उसका दूध चुराकर पी जाती थी। पकड़े जाने पर माँ ने उसे निकाल दिया था और दूसरी आया के आने पर, दूध बनाने की ज़िम्मेवारी पापा पर डाल दी थी। इससे भी उसका कोई नुकसान नहीं हुआ था। आख़िर उसके पिता बाल विशेषज्ञ थे।

वे विनीता को लेकर आश्वस्त थीं कि बड़ी होकर वह भी उनकी तरह हृदय रोग विशेषज्ञ बनेगी। जब वह आठ बरस की होने को आयी तो उन्हें यह चिन्ता सताने लगी थी कि दूसरा बच्चा न होने पर, पति के बाद क्लिनिक का क्या होगा ?

"विनीता हार्ट स्पेशलिस्ट बन जाएगी तो तुम्हारे क्लिनिक का क्या होगा, विदूषक ? हमें एक बच्चा और पैदा करना चाहिए।" वे जब-तब कहती थीं।

वे हा-हा कर हँस पड़ते थे, "भई, मैं कर सकता तो ज़रूर करता पर तुम नहीं। तुम्हारे मरीज़ हमेशा कूच की हड़बड़ी में रहते हैं। कहीं बीच डिलीवरी किसी का बुलावा आ गया तो बच्चा बेचारा अधर में लटका रह जाएगा।"

"जैसे विनीता लटकी पड़ी है।"

"आठ साल पहले दिल के दौरे कम पड़ते थे या तुम्हारा नाम सब दिलवालों तक पहुँचा नहीं था। अब मुश्किल बढ़ गयी है।"

"पर तुम्हारा क्लिनिक ?"

"उसकी फ़िक्र मत करो, दोस्त। यहाँ इतने बच्चे इलाज के लिए आते हैं, इनमें से कई डॉक्टर बनेंगे। किसी एक को पकड़कर दवाखाना सौंप दूँगा। साहबज़ादे चाहें तो ज़रूर दिल के डॉक्टर बनें।"

"वह लड़की है..."

"और मुझे उसके लड़की होने पर गर्व है, है न दोस्त ?"

वे फिर हा-हा कर हँस देते और कहते, "हँसना, सीखो, दोस्त, हँसना ! मेरे पास जितने दिल के मरीज़ आते हैं, उनसे मैं कहता हूँ, हँसना सीखो, हँसना।"

"तुम्हारे पास दिल के मरीज़ आते हैं ?"

"हाँ, मेरे बच्चों के बाप भी सीने में दिल रखते हैं। सब आपकी तरह नहीं होते, दोस्त।"

माँ हँस पड़तीं और उनके सीने से लग जातीं।

कभी-कभी विनीता को माँ के असफल पत्नी होने पर सन्देह होने लगता था। वह सोचती पापा तो ज़रा भी दुःखी या असन्तुष्ट नहीं दीखते। माँ उनसे लड़तीं भी नहीं। फिर वे असफल पत्नी क्यों हैं ? पर धीरे-धीरे सन्देह कमज़ोर पड़ता गया। बाहरी संसार से मेल-जोल बढ़ने के साथ उसे विश्वास हो गया कि उसकी माँ आदर्श पत्नी और माँ नहीं थीं। क्यों नहीं थीं, जानना ज़रूरी नहीं था। नहीं थीं, जानना काफ़ी था।

विनीता सोचती, वह बड़ी होकर डॉक्टर नहीं बनेगी। कभी-कभी पापा से कह भी देती। पापा शान्त भाव से कहते, "अभी कुछ तय मत करो। बड़े हो जाओ, जो चाहो करना।" मज़ाक़ के मूड में होते तो आँखें तरेरकर कहते, "क्यों, मुझमें क्या ख़राबी है ? राक्षस दीखता हूँ ?" दोनों सूरतों में बात आगे बढ़ती नहीं। माँ और विनीता के बीच इस विषय पर कभी बात नहीं हुई। दोनों अपनी-अपनी जगह संशयहीन थीं। माँ जानती थीं, विनीता पढ़ाई-लिखाई में होशियार है, मेडिकल में दाख़िला मिल जाएगा। इसलिए बात क्यों करतीं ? दाख़िला लेने में उसे आपत्ति हो सकती है, यह ख़याल उनके ज़ेहन में आया नहीं था।

विनीता जानती थी माँ क्या सोचे बैठी थीं, पर चूँकि डॉक्टर और हार्ट स्पेशलिस्ट बनना, न बनना उसके अपने हाथ में था, उसने उनसे बात करने की ज़रूरत महसूस नहीं की थी।

स्कूल की बारहवीं कक्षा में आने तक संवाद टला रहा। फिर निर्णायक क्षण आ ही गया।

एक़ दिन माँ ने मेडिकल की परीक्षा के फ़ार्म वग़ैरह उसकी मेज़ पर रखकर कहा, उन्हें भरकर भेज दे और तैयारी शुरू कर दे।

"कैसी तैयारी ?" विनीता ने पूछा।

"मेडिकल का इम्तिहान काफ़ी सख़्त होता है। बिना तैयारी कोई पास नहीं हो सकता।" उन्होंने कहा और कमरे से बाहर जाने लगीं।

"मैं डॉक्टर नहीं बनूँगी।" विनीता ने कहा पर माँ बाहर जा चुकी थीं, सुन नहीं पायीं। अपनी बात दोहराने, उसे उनके पीछे बाहर बरामदे में आना पड़ा, जहाँ पापा पौधों को पानी दे रहे थे।

"मैं मेडिकल में नहीं बैठूँगी," उसने क़रीब-क़रीब चिल्लाकर कहा।

"क्या ?" माँ मुड़ीं, "क्या कह रही हो ? मैं जल्दी में हूँ।"

"मुझे डॉक्टर नहीं बनना, इसलिए मेडिकल में नहीं बैठूँगी।" वह ज़ोर से चिल्लायी। माँ ठिठक गयीं, "डॉक्टर नहीं बनना ! फिर क्या करोगी ?"

"शादी।"

"शादी !" माँ हँस पड़ीं, "डॉक्टर शादी नहीं करते क्या ? क्यों विदूषक, बेटी को क्या सिखला दिया ? हम शादीशुदा नहीं हैं ? अब सँभालो इसे। मुझे देर हो रही है।"

माँ के हँसने पर भी पापा नहीं हँसे। इस अनहोनी ने विनीता को बेसब्र बना दिया।

"उस तरह नहीं, मैं अच्छी पत्नी बनना चाहती हूँ।" उसने तलखी से कहा। हठात् माँ की हँसी ग़ायब हो गयी। उनके चेहरे पर एक आहत भाव उभर आया जो विनीता ने पहले कभी नहीं देखा था। वे कुछ बोलीं नहीं। एक बार उसकी तरफ़ देखकर सिर यूँ झुका दिया, जैसे शर्मिन्दा हों। नाराज़ हुए पापा, माँ नहीं।

"मतलब क्या है तुम्हारा ?" डपटकर उन्होंने कहा, "डॉक्टर अच्छी पत्नी नहीं होती ! तुम्हारी माँ अच्छी पत्नी नहीं है !" विनीता दो क़दम पीछे हट गयी। इससे पहले उसने पापा को कभी गुस्सा होते नहीं देखा था। उसकी आँखें डबडबा आयीं।

"आप ही ने कहा था, जो चाहो करना।"

"ठीक है," वे संयत हुए, "क्या करना चाहती हो तुम ?"

"मैं डॉक्टर नहीं बनना चाहती।"

"तो यह कहो। उलट-सुलट क्यों बोल रही हो ?"

"उसे कहने दो," माँ की आवाज़ धीमी पर दृढ़ थी, "तुम्हारे ख़याल से डॉक्टर अच्छी पत्नी नहीं बन सकती, है न ?"

वह चुप रही।

"कोई डॉक्टर या सिर्फ़ मैं ?"

"लेखा !" पहली बार विनीता ने पापा को दोस्त के अलावा माँ को कुछ पुकारते सुना।

"तुम बीच में मत आओ। बोलो विनीता, और क्या सोचती हो तुम ?"

तब तक विनीता ने अपने विस्मय और डर पर काबू पा लिया था।

"मैं शादी करके घर-बार चलाना चाहती हूँ। अच्छी पत्नी और माँ बनना चाहती हूँ। इसमें इतना अजीब क्या है जो आप लोग इस तरह जिरह कर रहे हैं ?" उसने कहा।

"तुमने लड़का देख लिया ?" माँ ने अचरज से कहा, "पर तुम तो कुल सत्रह वर्ष की हो।"

"अभी नहीं देखा। बी.ए. ख़त्म होने तक देख लूँगी।"

"बी.ए. करोगी ?"

"जी हाँ। मैं सिर्फ़ इसलिए डॉक्टर नहीं बन सकती क्योंकि आप चाहती हैं। आपने कभी यह जानने की कोशिश की है, मैं क्या चाहती हूँ, क्या पढ़ती हूँ,

क्या करती हूँ, ज़िन्दगी में मेरी ख़्वाहिशें क्या हैं ?"

माँ कुछ देर उसकी तरफ़ ताकती रहीं, फिर बुदबुद करके बोलीं, "तुमने पहले कभी कुछ नहीं कहा...तुमसे कहा था ?" वे पापा से मुखातिब हुईं।

"हाँ।"

"तुमने मुझसे नहीं कहा।"

"मैं तुम दोनों से हमेशा कहता रहा, अभी से कुछ तय मत करो। समय आने पर विनीता चाहे तो..." वे चुप हो गये।

"ओह, ग़लती मेरी थी। ठीक है विनीता, जो चाहो करो।" थके-हारे भाव से, गाड़ी का दरवाज़ा खोल, वे भीतर बैठ गयीं।

पापा फिर गुस्से में आ गये, "इतना याद रखना, आदर्श पत्नी और माँ बनने का, डॉक्टर होने-न-होने से कोई ताल्लुक नहीं है। तुम्हारी माँ से अच्छी पत्नी की मुझे कभी चाह नहीं थी, समझीं ?"

"हाँ, पर..."

"पर इससे अच्छी माँ भी तुम्हें नहीं मिल सकती थी और न तुम बन पाओगी।"

"अगर मेरा डॉक्टर बनना आपके लिए इतना ज़रूरी है तो आप हमेशा यह क्यों कहते रहे कि मैं जो चाहूँ करूँ ?"

"अब भी कह रहा हूँ, जो चाहो करो; पर जो तुम चाहो, वह नहीं, जो दूसरे कहते हैं, तुम्हें चाहना चाहिए। वह नहीं, जो तुम अपने पर थोप रही हो। लो, पौधों को पानी दो। स्कूल बस तो निकल गयी।" पानी का पाइप उसे पकड़ाकर उन्होंने बहस ख़त्म कर दी और अपने क्लिनिक में चले गये।

विनीता ने बी.ए. कर लिया। विवाह भी हो गया। पति का नाम था अमित गोयल। वह सेण्ट्रल बैंक में मैनेजर था। और बैंक के खाते की तरह चाक-चौबन्द।

उसके रोज़नामचे में सब कुछ तयशुदा था। न वह कभी सुबह जल्दी घर से भागता था, न देर करके लौटता था। न ख़ामख़्वाह हँसता था, न ज़मीन छोड़ हवा में उड़ता था। वह रोज़ सुबह सात बजे उठता था, चाय के साथ अख़बार देखता था, नहाकर नाश्ता करता था और नौ बजे दुपहर का भोजन साथ ले, मोटरसाइकिल पर बैंक रवाना हो जाता था। पाँच का गजर बजते ही वह फ़ाइलें समेटकर कमरे में ताला मारता था और घर लौट आता था। छह बजे हाथ-मुँह धोकर, चाय के साथ पत्नी के हाथ का बना कोई सुस्वादु नमकीन खाता था, फिर टी.वी. देखता था और साढ़े दस बजे सो जाता था। शनिवार की शाम किसी दोस्त

के यहाँ सपत्नीक खाना खाने जाता था या किसी कामयाब परिचित को सपत्नीक अपने यहाँ खाने के लिए बुलाता था। रविवार को स्पेशल नाश्ता खाने से पहले तैरने जाता था, फिर दिन-भर टी.वी. देखने में पत्नी को साथ रखता था। (विनीता सुबह-सुबह पूरे दिन का खाना बनाकर रख देती थी) महीने में एक बार विनीता के साथ पिक्चर, नाटक या कोई और उत्सव देखने जाता था। एक बार विनीता के माँ-बाप से मिलने, जहाँ ज़्यादातर केवल बाप से मुलाक़ात होती थी। और दो बार अपने माँ-बाप से, जहाँ पूरा परिवार जुटा रहता था। खाना एकदम दावती होता था और उसके दौरान, विनीता और सास में पाक-शास्त्रार्थ चला करता था।

शादी के बाद, विनीता जब बैंक के लॉकर में अपना ज़ेवर रखने गयी तो उसे यह सोचकर बहुत सुकून मिला कि उसका पति ठीक उस लॉकर की तरह था। भरोसेमन्द और अपनी हदों में चकबन्द। पाँच साल के अन्दर, अमित का तबादला बैंक की प्रमुख शाखा में हो गया। मोटरसाइकिल के बजाय मोटरगाड़ी आ गयी और विनीता दो बच्चों की घी-खायी माँ बन गयी। चर्बी दोनों के बदन में एक अनुपात में चढ़ी। पाँच साल पहले की तरह वे 'एक-दूसरे के लिए बने' लगते रहे। इस बीच विनीता कई बार लॉकर खोल चुकी थी। हर बार उसे वही एहसास होता था कि उसका पति ठीक उसकी तरह काबिले एतबार था। फिर ज़ेवर अदल-बदलकर, लॉकर बन्द करते हुए, उसके मुँह से लम्बी साँस क्यों निकल जाती थी, वह नहीं जानती थी। जानती थी तो सिर्फ़ इतना कि घर पहुँचने पर उसे सब कुछ ठीक वैसा ही मिलेगा, जैसा वह छोड़कर आयी थी। अगर कभी उसके मन में ख़्वाहिश उठ आती कि वह घर लौटने के बजाय पापा के पास चली जाए और बेमतलब ठहाके लगाए तो वह उसे अपने और अमित के अयोग्य ठहराकर, उस दिन का इन्तज़ार करती थी, जब उनका वहाँ जाना तय था। या उस दिन का, जब माया और अजय का डॉक्टरी मुआयना कराने की दरकार होगी। आख़िर उसके पिता बाल विशेषज्ञ थे और वह बच्चों की सेहत के प्रति सजग माँ थी। बच्चों के बहाने पापा से मिलना बराबर होता रहा। अजीब थे पापा भी। कभी जो किसी चीज़ को गम्भीरता से लिया हो ! बस, बच्चों को लतीफ़े सुनाना और बात-बेबात हँसना। अमित भी एक लतीफ़ा था उनके लिए। ज़रा चर्बी क्या चढ़ी बदन पर, पापा जब उससे मिलते, विनीता के कान में फुसफुसाते, "रहने दो, माँ के पास वैसे ही कम मरीज़ नहीं हैं। क्रेडिट कम करो, इसके खाते में और अपने में भी।"

कुछ दिन विनीता टालती रही। फिर सुबह की सैर अपनी दिनचर्या में शामिल कर ली। एक बार शुरू हुई तो अमित बिना नागा सैर को जाने लगा। विनीता कभी जा पाती, कभी नहीं। आदर्श माँ कहती, माया को स्कूल भेजो और अजय को अपने हाथ से दूध पिलाओ। आदर्श पत्नी कहती, पति के साथ चर्बी

घटाने जाओ। कभी पत्नी जीतती, कभी माँ और अमित था कि नियमित सैर के बावजूद वज़न ज़रा न घटा। मुश्किल यह थी कि विनीता जितनी बढ़िया माँ और पत्नी थी, उतनी ही उम्दा बावर्ची भी थी। पाक कला उसने बाकायदा कुकिंग स्कूल में सीखी थी। पत्र-पत्रिकाओं से निरन्तर अपने ज्ञान में वृद्धि की थी। रही-सही कसर सास से शास्त्रार्थ ने पूरी कर दी थी। क्या उसकी डॉक्टर माँ ने स्वाध्याय किया होगा जो विनीता ने किया था। इतनी तैयारी के बाद जो खाना वह बनाती थी, फेंका तो जा नहीं सकता था। इसलिए अमित रोज़ सुबह घूमता था, दिन-भर खाता था और रात में खर्राटे भरता तोंद हिलाता था।

ऐसा नहीं था कि विनीता उसकी सेहत के प्रति उदासीन थी। पापा के कहने पर उसने चर्बी घटाने में मुफीद खाना भी बनाना शुरू कर दिया था। पर आदर्श माँ और पत्नी की रस्साकशी फिर शुरू हो गयी थी। बढ़ती वय के बच्चों को पौष्टिक आहार देना ज़रूरी था। इसलिए ख़ाली वक़्त में, जिसकी उसके पास कमी नहीं थी, वह दूसरी तरह का खाना भी बना डालती थी। तब तक अजय भी स्कूल जाने लगा था और आदर्श माँ की भूमिका अदा करने में, उसका ज़्यादा वक़्त नहीं लगता था। पर खाने के मामले में होता यह था कि अमित और वह चर्बी घटानेवाले खाने के साथ, चर्बी बढ़ानेवाला भोजन भी कर जाया करते थे। ज़ुबान का स्वाद भी कोई शै है, आख़िर। पति ख़ुश होकर लज़ीज खाने की तारीफ़ करे तो कौन पत्नी ख़ुद उसे चखने और पति को और देने से रुक सकती है ! कम-से-कम वह नहीं, जो महीने में चार बम्बइया फ़िल्में टी.वी. पर और एक सिनेमाघर में देखती हो।

पापा को अच्छा लतीफ़ा मिला, अमित के दूसरे-तीसरे संस्करण निकलते रहे। विनीता को वह लॉकर के बजाय पूरे बैंक की याद दिलाने लगा। अपनी सुरक्षित और योजनाबद्ध ज़िन्दगी पर भरसक सन्तुष्ट होती, वह पापा के पास पहुँचती और उनकी नयी असिस्टेण्ट डॉक्टर को देखकर जल-भुन जाती। पापा के पास असिस्टेण्ट का होना ज़रूरी था, पर उसका औरत होना तो लाज़िमी नहीं था। वह भी जवान, पतली और दो तन्दुरुस्त, चपल और मेधावी बच्चों की माँ। उसके बच्चे विनीता के बच्चों के साथ एक ही स्कूल में पढ़ते थे और हमेशा उनसे ज़्यादा अंकों से पास होते थे। पापा जब उसे मोटापा घटाने के नुस्खे बतलाते तो वह मन्द-मन्द मुस्कराकर उनका अनुमोदन करती थी। कहना न होगा कि उसका पति एक़दम दुबला-पतला था। खाने को नहीं मिलता होगा बेचारे को ! पर बेचारा टेनिस और स्क्वाश का बढ़िया खिलाड़ी था, दिल्ली का चैम्पियन, कुछ तो खाता ही होगा।

विनीता ने पाया कि वह जब-तब ठण्डी आहें भरने लगी है, कभी पापा के

क्लिनिक में, कभी अमित के तोंदल खर्राटे सुनते हुए और कभी अन्य आदर्श गृहिणियों की मण्डलियों में ख़ामख़्वाह। घर के कोने बार-बार चमकाते या रसोईघर में ताँबेजड़ित स्टील के नये बर्तन सजाते, उसके हाथ रुक जाते और बिना बुलाये मेहमान की तरह, माँ का थका पर गर्व से चमकता चेहरा, आँखों के सामने हाज़िर होता। उस दिन बच्चों के स्कूल से लौटने पर, वह उन्हें इतना जमकर पढ़ाती कि होमवर्क ख़त्म होने पर भी पढ़ते रहने की बोरियत को कम करने, वे आपस में लड़ पड़ते। नौबत मारा-मारी तक पहुँच जाती। उनके मुँह से बास्टर्ड और बिच जैसी गालियाँ सुनकर, वह अचरज करती कि कैसे उनकी उम्र तक, वह लेडी डॉक्टर को गाली समझती रही थी और माँ के डर से शब्द मुँह पर नहीं ला पायी थी। तब उसे अपने आदर्श माँ होने पर शक होने लगता और उसकी आहें कुछ और ठण्डी और लम्बी हो जातीं।

फिर तीन-चार घटनाएँ जल्दी-जल्दी घटीं। दुपहर के खाने पर विनीता ने बारह वर्षीय माया को खाने के साथ कॉमिक पढ़ने पर टोका तो उसने तड़पकर कहा, "तुम हर वक़्त घर पर क्यों बैठी रहती हो ? कोई जॉब क्यों नहीं करतीं ? मेरी सब सहेलियों की मम्मी काम करती हैं।" और वापस कॉमिक पढ़ने में तल्लीन हो गयी।

शाम को अजय बाहर जाने लगा तो आदतन विनीता के मुँह से निकल गया, "पूरी बाँहों का स्वेटर पहनकर जाओ।" उसने क्रिकेट का बल्ला ज़मीन पर पटकते हुए हिकारत के साथ कहा, "ओफ्फोह, तुम कुछ जानती भी हो ! रवि की मम्मी डॉक्टर हैं, वे कहती हैं, खेलते समय भारी ऊनी कपड़े नहीं पहनने चाहिए।"

अमित ने बैंक से लौटकर बतलाया कि उसके पापा की असिस्टेण्ट का पति उसके ऑफ़िसर्स क्लब में स्क्वाश सिखलाने आता है, हफ़्ते में दो दिन। सब उसके शरीर की गठन देखकर रश्क करते हैं। कहते हैं उसे मिस्टर इण्डिया प्रतियोगिता में हिस्सा लेना चाहिए।

"तुम उसकी बीवी से सन्तुलित खुराक के बारे में पूछो न, पता नहीं क्या खिलाती है उसे ?"

"वह क्या खिलाएगी ? उसे डॉक्टरी से छुट्टी मिले तब न। ख़ुद बनाता होगा।"

कुछ देर अमित इस सकील तखमीने को पचाता, चुप बैठा रहा। फिर बोला, "तब भी...पूछकर तो देखो।"

अगले दो सप्ताह विनीता जानबूझकर पापा से मिलने नहीं गयी। फिर माया को खाँसी-जुकाम हो गया। उस मामूली मौसमी गड़बड़ी के लिए उसने दवाखाने जाने से साफ़ इनकार कर दिया। लिहाजा उसके स्कूल जाने पर, विनीता को

अकेले पापा के क्लिनिक जाना पड़ा।

उनके कमरे में घुसी तो भौचक खड़ी रह गयी। डॉक्टर की कुर्सी पर असिस्टेण्ट डटी हुई थी, पापा माँ का हाथ पकड़े सोफ़े पर बैठे थे और दोनों मज़े लेकर हँस रहे थे।

न रविवार था, न शनिवार।

"आओ विनीता।" माँ ने हँसना बन्द करके कहा।

"आप यहाँ क्या कर रही हैं ?" उसने कहा।

"क्यों, मेरा घर है।"

"पर इस वक़्त सुबह दस बजे...अस्पताल नहीं गयीं ?"

"मैं रिटायर हो गयी हूँ।"

रिटायर ! माँ ! तो वे भी उसकी तरह अब घर पर रहा करेंगी ! पर माँ कुछ और कह रही थीं।

"हफ़्ते में मुश्किल से छह-सात घण्टे मेडिकल कॉलेज में पढ़ाना होगा, बस !" तब तक विनीता सँभल चुकी थी।

"बाक़ी वक़्त प्राइवेट प्रैक्टिस ?" उसने कहा।

"कन्सलटेन्सी," पापा ने टोका, "इज़्ज़त से बात करो।"

"इसी क्लिनिक से प्रैक्टिस करेंगी ?" विनीता ने उन पर ध्यान नहीं दिया।

"नहीं भाई, विदूषक मज़ाक़ नहीं कर रहे। प्रैक्टिस करने के लिए मुझे अस्पताल का ताम-झाम चाहिए। हाँ, कन्सलटेन्सी ऑफ़िस यहाँ ज़रूर रहेगा। कोई बुलाएगा तो कन्सलटेण्ट की हैसियत से ऑपरेशन में मदद करने चली जाऊँगी।"

"कोई बुलाएगा," पापा बोले, "रोज़ दस बुलावे न आएँ तो कहना। अपॉइण्टमेण्ट नोट करने के लिए ही दो सेक्रेटरी रखने पड़ेंगे, दोस्त।"

"उसके लिए आपको डॉक्टर चाहिए होंगे। " विनीता ने हताश भाव से कहा।

"नहीं, मैं डॉक्टरों का क्या करूँगी ? उनका ज़िम्मा अस्पताल वाले लेंगे। यहाँ भी मुझे एक-दो रिसेप्शनिस्ट चाहिए होंगी।"

विनीता जाकर सोफ़े के हत्थे पर बैठ गयी, माँ से एकदम सटकर, व्यग्र स्वर में उसने कहा, "माँ, आप मुझे रिसेप्शनिस्ट रख लीजिए सुबह की शिफ्ट के लिए। मैं अमित को कैसे भी मना लूँगी, प्लीज़।"

"तुम...!" माँ तैयारी के साथ कुछ कहने जा रही थीं कि पापा बीच में आ गये। "एक शर्त पर," उन्होंने कहा, "तुम खाना यहीं खाओगी और खुद कुछ नहीं बनाओगी।"

"च्च, विदूषक।" माँ नें टोका पर विनीता हँस दी।

"ठीक है," उसने कहा, "मैं आज ही अमित से बात करूँगी। शाम को

उनके घर रहते तो असम्भव है पर सुबह के लिए मैं, किसी भी तरह, उन्हें राज़ी कर लूँगी।"

उस शाम विनीता ने खाने की एक-एक चीज़ अमित की पसन्द की बनायी। मेथी-उड़द की दाल, मक्खनी मुर्ग़, पुदीने का पराँठा, लाल मूली का रायता और गाजर का हलवा। पूरा दिन लग गया। हमारे खाने की यह ख़ासियत है, जिस चीज़ को बनाने में जितनी ज़्यादा देर लगे, वह उतनी ही ज़ायकेदार मानी जाती है। खाना बनाने के साथ, वह अपने संवादों का भी अभ्यास करती रही। उसने तय किया कि असल बात वह गाजर के हलवे के साथ परोसेगी। तब तक अमित तृप्ति से उनींदा हो चुका होगा। गाजर के हलवे की तरावट के साथ कुछ कड़ियल लुक्मे भी गले के नीचे फिसलाये जा सकेंगे। तो, हलवे के दो निवालों के बीच वह कहेगी,...तुम्हारी और बच्चों की देखभाल में कोई कमी नहीं होगी। मैं दुपहर का खाना बनाकर जाऊँगी और लौटकर घर का बाक़ी काम निबटा लूँगी। तुम्हें पता भी नहीं चलेगा, मैं कब गयी, कब आयी। माँ और पापा, दोनों बूढ़े हो गये हैं, मैं उनकी अकेली औलाद हूँ। उन्हें मेरी ज़रूरत है, वरना मैं तो ऐसे ही खुश हूँ। मेरे जीवन का एक ही मकसद है, तुम्हारी सेवा...और जो माया बोल उठी, शिट ! तो ? ऐसा करे, खा-पीकर बिस्तर पर जाने पर कहे। नहीं, वह नहीं। अमित लेटते ही नाक बजाने लगता है या फिर ऊँची-ऊँची डकारें मारता पाचन-बटी तलाशता रहता है। गाजर के हलवे का विकल्प नहीं है। अपना डायलॉग कुछ कम फ़िल्मी कर लेगी। और माया हँसी तो एक तमाचा जड़ देगी उसके मुँह पर आज, सच।

खाने की मेज़ पर, विनीता ने खूब लाड़-मनुहार के साथ प्लेटों में हर चीज़ अपने हाथ से परोसी पर रंग कुछ जमा नहीं। जाने क्यों, अमित आधा हुआ पड़ा था। हर पदार्थ को आँखों से लीलते रहकर भी, लेते समय, आधा कह जाता था। दो पराँठों के बजाय आधा-आधा करके चार बार लिया। प्लेट में परोसे मक्खनी मुर्ग़ में से आधा माया की प्लेट में खिसका दिया। उड़द से साफ़ इनकार कर गया। रायता ज़्यादा मिकदार में खाया पर नज़र आधी उड़द और आधी मुर्ग़ पर टिकी रही। आख़िर उड़द की आधी करछुल प्लेट में डाल ली पर घी की कटोरी से घी नहीं उड़ेला।

"इतना कम क्यों खा रहे हो ? ठीक नहीं बना क्या ?" विनीता ने पूछा तो माया ने माथे पर हाथ मारकर कहा, "नॉट अगेन।" और मेज़ छोड़ गयी।

चलो पीछा छूटा। विनीता ने नये उत्साह के साथ गाजर का हलवा प्लेटों में परोसना शुरू किया। अब जो कहना है, बेहिचक कह पाएगी। हलवे की प्लेट

अमित के सामने रखने झुकी तो वह बोल पड़ा, "तुमसे कुछ ज़रूरी बात करनी है।"

"कहो," उसने हलवे जैसे स्वर में कहा।

"कल मैं तुम्हारी माँ के पास गया था। मेरा कोलेस्टरॉल बढ़ा हुआ है। ब्लड-प्रेशर भी। उन्होंने परहेज़ से खाने को कहा।"

घबराकर विनीता ने हलवे की प्लेट उसके सामने से उठा ली।

"आधा कर दो।" अमित ने कहा। उसने आधे से भी आधा कर दिया। "मैं रोज़ शाम को क्लब में स्क्वाश खेलना चाहता हूँ," अमित कहता गया, "मेरी सेहत के लिए ज़रूरी है। तुम्हें अकेले न रहना पड़े इसलिए सोचता हूँ कि तुम पापा के क्लिनिक में रिसेप्शनिस्ट का काम ले लो।"

"शाम को भी ?" उसने घुटी आवाज़ में कहा।

तब तक हलवे का कौर अमित के मुँह में पहुँच चुका था। वह परमानन्द की स्थिति में था। निगल चुकने पर ही आगे बोल पाया, "वे तैयार हैं, मैं बात कर चुका हूँ।"

"कब ?"

"कल ही।" हलवे के दूसरे लुक्मे के साथ वह गुनगुनाया और दुबारा परोसने के लिए प्लेट उसके आगे कर दी।

"नहीं पापा !" अजय ने कहा।

"क्या ? तुम नहीं चाहते मैं काम करूँ ?" विनीता ने उबरकर पूछा।

"मैं हलवे के लिए कह रहा हूँ, पापा को और मत दो।" खीज़कर उसने कहा।

"बस, एक चम्मच।" अमित ने कहा।

"आधा।" अजय ने कहा। विनीता ने पूरा चम्मच प्लेट में डाल दिया। दुबारा पता नहीं कब बने।

तीसरा और आख़िरी कौर, रसिक की तरह देर तक चुभलाते रहकर, अमित ने पूछा, "तो...तुम क्या कहती हो ?"

विनीता का जवाब तैयार था।

"जैसी आपकी इच्छा।" उसने आदर्श पत्नी की तरह कहा।

बाहरी जन

नन्दिनी सिर झुकाये धीरे-धीरे खा रही थी। जानबूझकर। वह जानती थी, सामने जड़ी दो जोड़ी आँखें किस आतुरता से उस पर टिकी हैं। इन्तज़ार में हैं कि वह नज़र उठाए और वे अपना सवाल पूछें। यह भी जानती थी कि ये सभ्य, सुसंस्कृत ऊँचे वर्ग के लोग हड़बड़ी में कुछ नहीं कहेंगे। तब तक चुप बने रहेंगे, जब तक नौकर रोटी लेकर आता-जाता रहेगा। शायद तब तक भी, जब तक वह खाना ख़त्म न कर ले। ठीक नहीं कह सकती थी, उन्हें किसका लिहाज़ ज़्यादा था, उसका या नौकर का। सिर झुकाये रहने पर भी वह सास की ताक-झाँक करती नज़र महसूस कर रही थी। ज़ायजा लेती, सवाल फेंकती नज़र। तो, क्या कहा डॉक्टर ने ?

तो ? सरिता ने सवाल फिर अन्दर घोंट लिया। नया नौकर पूरी तरह परिशिक्षित नहीं हुआ। उसके सामने निजी बातें कीं तो न जाने क्या सोचे। सोचने की तो ख़ैर क्या तमीज़ होगी उसे और परवाह भी क्यों हो उन्हें, पर आस-पड़ोस में एक की दो कहेगा तो बरदाश्त नहीं होगा। दो कौड़ी का नौकर पल-भर में सारा आभिजात्य बिगाड़कर रख सकता था। उन्होंने एक और तौलती नज़र नन्दिनी पर डाली। इतनी गुमसुम क्यों हो रही थी, कहा क्या डॉक्टर ने, क्या बिलकुल कोई उम्मीद नहीं ?

नज़र बचाकर उन्होंने पति को देखा। चम्मच पकड़े उनका हाथ धीरे-धीरे काँप रहा था। राजेश्वरजी का उतावलापन इससे ज़्यादा कभी ज़ाहिर नहीं होता। उनका चेहरा शान्त ही नहीं, भावहीन था। नज़र चुराकर भी वे बहू को परख़ नहीं रहे थे। क्या बहू-बहू, नन्दिनी कहो। हाँ, उन्हें नहीं पसन्द ये मध्यवर्गीय सम्बोधन। और भी बहुत कुछ। चप्पल के भीतर पाँव हिलाकर उन्होंने अपनी आतुरता को समेटा और ऊपर से प्रकृतिस्थ दिखने की कोशिश करने लगीं। पुराना अभ्यास था।

नन्दिनी जानती थी, नाटक देर तक नहीं चलेगा। खाना ख़त्म होते ही सवाल का सामना करना पड़ेगा। क्या जवाब देगी वह ?

आपको मतलब ! यह मेरा निजी मामला है। बच्चा चाहती हूँ या नहीं, मेरा निर्णय है। हो सकता है या नहीं, मेरा भाग्य है। हो सकने के लिए कुछ करना, न करना, मेरी समस्या है। आपको क्या अधिकार है, मुझसे जिरह करने का। ठीक है, आप बच्चे के दादा-दादी बनेंगे। उसे प्यार देंगे-लेंगे। आपको उसकी चाहत हो, इससे मुझे इनकार नहीं, हमदर्दी है, पर अपनी चाहत को मुझ पर थोपकर मेरे जेलर बनने का अधिकार आपको नहीं है।

क्या ! कह तो नहीं दिया कहीं उसने ! घबराहट में उसके हाथ से चम्मच छूट गया।

"क्या हुआ ?" सरिता ने कहा, "खाने का मन नहीं है क्या ?" उनके स्वर में ललक थी, काश कुछ ऐसा होता !

नन्दिनी ने खुद को सँभाला, चम्मच मज़बूती से पकड़ा और दोबारा खाना शुरू कर दिया। शुक्र है कहा नहीं उसने, सिर्फ़ सोचा। कहने का मतलब होता, यह आलीशान कोठी, नौकर-चाकर, गाड़ी, ड्राइवर छोड़कर, पति की आय के मुताबिक, दो कमरों के फ़्लैट में रहना। अपनी नौकरी वह छोड़ चुकी। शर्त थी शादी की। वह रह सकती है, दोबारा नौकरी भी जुटा सकती है। पर उसका पति, इतनी आरज़ू से मिला माँ का जँवाई और बड़े घर का आदर्श बेटा, नितिन, कभी नहीं मानेगा। आजकल बाहर गया हुआ है, पैसा कमाने के चक्कर में। छीः ! फिर वही मध्यवर्गीय सोच। पैसा क्या है, हाथ का मैल। जमा हुआ है इस घर में पहाड़ की तरह। कृष्ण भगवान् ने उठाया नहीं था गोवर्धन पहाड़ हथेली पर। नितिन पैसा कमाने नहीं, देश की प्रगति और विकास योजना को अंजाम देने के लिए एक लघु उद्योग स्थापित करने के सिलसिले में बाहर गया है। उसे उसपर गर्व होना चाहिए...है न ?

सरिता ने हताशा की साँस भरने से अपने को रोका। चप्पल में पाँव हिलाकर सन्तोष कर लिया। अजीब लड़की है, गुमसुम खाये जा रही है। पता नहीं लगने दे रही कि क्या सोच-गुन रही है। इकलौते बेटे के लिए मामूली घर की लड़की ली थी तो यह सोचकर कि सुन्दर है और पाँच भाई-बहनों में एक। घर सुन्दर पोते-पोतियों से भर जाएगा। नौकरी छोड़ने को भी झट राज़ी हो गयी थी। शुरू में कितनी डरी-डरी रहती थी। हर बात उनसे पूछकर करती थी। कहीं बड़े घर के चलन में खोट न आ जाए और अब...सात साल हो गये, एक बच्चा नहीं जन्मा, ऊपर से..."और नहीं चाहिए," राजेश्वर ने कहा। दोनों औरतों ने सुना और समझ गयीं कि अब प्रश्न और टला नहीं रहेगा।

नन्दिनी जानती थी, इस घर में ऐसा कोई कोना नहीं है जहाँ उनका दख़ल न हो। अपने कमरे में जाकर कुण्डी चढ़ा भी ली तो कितनी देर की मोहलत मिलेगी। फिर भी...

सरिता ने देखा, उन दोनों के उठने से पहले ही नन्दिनी कुर्सी धकेलकर खड़ी हो गयी थी और बाहर जाने की तैयारी में थी। अपने अचरज पर क़ाबू पाकर वे कुछ कहतीं, उससे पहले सुना, राजेश्वर पूछ रहे हैं, "तो क्या कहा डॉक्टर ने ?" नन्दिनी खड़ी रही, चुप !

"कोई गम्भीर बात तो नहीं है न?" सरिता ने मधुर स्वर में पूछा।

राजेश्वर ने उन्हें घूरा और सख़्त आवाज़ में कहा, "पूरी बात पूछो।"

"कब करना तय हुआ, वह...ऑपरेशन ?" हल्की झिझक के साथ उन्होंने कहा।

"उन्होंने कहा है, ज़रूरत नहीं है," नन्दिनी फुसफुसायी।

"तो, वे क्या करना चाहते हैं ?"

"उन्होंने कहा है, प्रकृति को अपना काम करने दो। एक साल और इन्तज़ार करो। टेन्शन मत रखो। रिलाक्स करना सीखो," नन्दिनी एक साँस में कह गयी।

"नॉनसेन्स !" राजेश्वर ने सख़्ती से कहा और उठकर खड़े हो गये। उनके खड़े होते ही नौकर रामू आकर बरतन समेटने लगा। इस घर में ऊपर का काम करनेवाले हर नौकर को रामू कहकर पुकारा जाता है। शुरू-शुरू में नन्दिनी को बहुत अमानवीय लगता था, अब आदत पड़ गयी है। इसे भी पड़ जाएगी। नयापन अभी गया नहीं। कितना सहेज-सहेजकर काँच के बर्तन उठा रहा था। तभी उसने ससुर की दहाड़ सुनी, "नक्काशी कर रहे हो, उठाओ जल्दी।"

मुँह खोले रामू खड़ा हो गया। "...ईडियट !" मोटी ग़ाली भीतर घोंट वे फिर दहाड़े।

सरिता घबरा गयी। बहू का गुस्सा नौकर पर क्यों उतार रहे हैं। अभी उठकर चल दिया तो इसी बहू का मुँह देखना पड़ेगा। रसोइया आजकल छुट्टी पर है। मामूली घर की लड़की है। खाना बनाना जानती है पर वे उस पर निर्भर नहीं होना चाहतीं। खुद उनका तो चाय बनाने तक का अभ्यास कब का छूट चुका है।

अपनी आदत के खिलाफ़ वे तत्परता से स्वयं बर्तन समेटने लगीं। साथ में कहती गयीं, "छोड़ो-छोड़ो, लो हो गया, ले जाओ रामू, बस ले जाओ। आओ, हम लोग उधर बैठें बैठक में।" क़रीब-क़रीब मध्यवर्गीय हड़बड़ी दिखलाते हुए वे उन दोनों को घेरकर बैठक में ले आयीं।

"टेन्शन ! किस बात का टेन्शन है तुम्हें ?" बैठक में पहुँचते ही, राजेश्वर ने कहना शुरू कर दिया, "सजना-धजना और पार्टियों में घूमना, इसके सिवा कोई काम है ? बॉस की फटकार सुननी पड़ती तो पता चलता, टेन्शन किसे कहते हैं। दिन-भर ऊँचा-ऊँचा पॉप म्यूजिक सुनती हो, बहरी न हो गयीं तो देखना ! क्या पता इसीलिए बच्चा न होता हो !" आख़िरी जुमला उन्होंने बुदबुदाकर कहा। वे जानते थे कि यह एकदम बेवक़ूफ़ाना बात थी।

इसी बात का टेन्शन है कि कुछ नहीं है करने को। देर रात तक पार्टियों में खाओ-पीओ, नाचो-गाओ, सारा दिन अकेले झक मारो, सजो या सजने की तैयारी में ख़रीदारी करते रहो। न काम, न चुनौती, न थकन, न गहरी नींद। उसने फिर अपने को झिंझोड़ा। नहीं, कहा नहीं उसने, केवल सोचा।

"अकेली गाड़ी चलाकर डॉक्टर के पास भेजा। तुम क्यों नहीं गयीं साथ," अब वे सरिता पर बरस रहे थे।

"मैंने तो कहा था पर आजकल की लड़कियाँ सब कुछ खुद करना चाहती हैं। मैंने सोचा स्मार्ट लड़की है..."

"अच्छा ठीक है," उन्होंने टोका, "यह बेवक़ूफ़ डॉक्टर सुझाया किसने ?"

"सभी ने कहा, बहुत बढ़िया गायनोकॉलोजिस्ट है। दिल्ली का सर्वोत्तम," सरिता ने सफ़ाई दी।

"सभी मानी ?"

"मिसेज़ चोपड़ा, मिसेज़ सोनी, नन्दिनी की माँ भी..."

"स्टुपिड विमेन। एकदम दकियानूस डॉक्टर है," राजेश्वर ने फुँफकारकर कहा, "मिडल क्लास !" भीतर घुटी मोटी ग़ाली जैसे बाहर उछल आयी थी।

"ममा ने भेजा था मुझे।" नन्दिनी ने तड़पकर कहा।

"कौन-सी ममा ने ?"

"इन्होंने," नन्दिनी ने सास की तरफ़ इशारा कर दिया।

"तो ये कौन ऊँचे घराने की हैं। मेरी बहन थी तो तौर-तरीक़ा सीख गयीं वरना वही रहतीं, बौड़म की बौड़म।"

कहकर राजेश्वर रुके नहीं, झपटकर बाहर निकल गये। "दिमाग़ चौपट करके रख दिया है इन औरतों ने," अपने कमरे की तरफ़ जाते हुए वे बुदबुदाये, "एक ये थीं, एक बच्चा पैदा किया और निश्चिन्त होकर बैठ गयीं। एक ये आयी हैं, टेन्शन ! साल-भर और रुके रहो। प्रकृति को अपना काम करने दो। हरामज़ादा पोंगापंथी डॉक्टर।" अब वे अकेले थे। जो चाहे कह सकते थे।

बैठक में दोनों औरतें सुन्न बैठी थीं।

इनकी बहन न होती तो मैं...इतनी नाकारा न बनती। उसी ने मेरे भीतर हीन भावना पैदा करके मुझे बेकार कर दिया, वरना बी.ए. में फर्स्ट डिवीज़न में पास हुई थी। इच्छा थी आगे पढ़ूँ, नौकरी करूँ। यहाँ आयी तो छुरी-काँटे और बिल्लौरी काँच में उलझकर रह गयी। बौड़म मैं हूँ या ये और इनके ऊँचे ख़ानदान के नकचढ़े लोग। क्यों इतना चीख़-चिल्ला रहे हैं बेचारी लड़की पर। न हुआ बच्चा, न सही, गोद ले लेगी। क्या इतना भी अधिकार नहीं है इसे ?

मिडल क्लास। ये भी उसकी तरह बौड़म करार दी गयीं, एक बाहरी औरत। बेचारी। नहीं, बेचारी नहीं। नहीं चाहिए उसे बच्चा। नहीं जाएगी वह डॉक्टरों के

पास। नहीं करेगी किसी अप्राकृतिक प्रक्रिया का इस्तेमाल। उसकी गोद है, भरे न भरे, निर्णय लेने का अधिकार उसका है, सिर्फ़ उसका। "नहीं चाहिए मुझे बच्चा !" कह ही डाला उसने।

कह तो गयी पर घबराकर उसने सास को देखा। वह अपमानित झुकी बैठी थीं, कमर को खींचकर सीधा रखने तक से बेख़बर। पर चेहरे पर हताशा के साथ करुणा का भाव था। उन्होंने उसकी कही बात सुन ली थी पर चौंकी नहीं थीं। उसे वे बेहद बूढ़ी और दयनीय लगीं। वह उनके पास चली आयी।

"आप क्या कहती हैं ? मुझे क्या करना चाहिए ? एक साल रुकी रहूँ ? बाद में...हम बच्चा गोद भी ले सकते हैं। क्यों, बतलाइए न ?" वह उन्हें दोबारा रोबीला देखना चाहती थी।

"मैं क्या कहूँ ?" उन्होंने हारे स्वर में कहा।

"क्यों, बच्चा हम पैदा करती हैं। क्या हमारा कोई अधिकार नहीं है ?"

"अधिकार !" उन्होंने कड़वे स्वर में कहा, "अधिकारों की क्या कमी है इस घर में ! तुम और मैं..."

अपनी बात बीच में छोड़कर वे उठ खड़ी हुईं। रसोई से किसी चीज़ के गिरकर झन्न से टूटने की आवाज़ आयी थी।

"क्या तोड़ा ?" कहती वे तेज़ चाल से रसोई की तरफ़ बढ़ गयीं। पीछे-पीछे नन्दिनी भी आयी। रसोई में रामू हतप्रभ खड़ा था। उसके सामने फ़र्श पर घर का सबसे क़ीमती बिल्लौरी काँच का डोंगा टूटा-बिखरा पड़ा था।

दोनों औरतों ने टूटी किरचों को देखा और बिना सलाह-मशविरा, एक साथ, रामू पर चिल्लाना शुरू कर दिया।

वह मैं ही थी

जब भी उमा को वह औरत याद आती, एक खौफ़ उसके वजूद पर तारी हो जाता। वह औरत, जो कमरे में उसी पलँग पर बच्चा पैदा करते मर गयी थी, जिस पर आजकल उसे लेटना पड़ता था। कई बार सोचती थी अपना बिस्तर उठाकर दूसरे कमरे में ले जाए और फ़र्श पर बिछाकर सो रहे। पर अपने खौफ़ को दूसरों पर ज़ाहिर करना इतना आसान नहीं था। मनीश पर तो बिलकुल नहीं। उससे कहा तो वह अबूझ आँखों से उसे देखता रहेगा और अपनी बात समझा न पाने का डर उसकी दहशत को और गाढ़ा कर देगा। माँजी से कहा तो वे वही क़िस्सा बयान करना शुरू कर देंगी, जिससे उसे खौफ़ आता था।

जब वह इस घर में आयी, तुम्हारी तरह गर्भवती थी। यहाँ कारखाने की नयी शाखा शुरू हुई तो उसके पति का तबादला अचानक बड़े शहर से इस कस्बे में हो गया। आख़िरी महीना बहुत बुरा बीता उसका। रात को बिस्तर पर लेटती तो घण्टे-आध्र घण्टे में उठ बैठती। छाती मसलकर कहती, साँस नहीं आ रही। बार-बार यही कहती, साँस नहीं आती। लोग सुनते और कहते, सब्र करो, आदत पड़ जाएगी। यह जो कारखाने में सीमेण्ट उड़ता है, वही हवा को भारी बना देता है, उसी से साँस नहीं आती। किसी को नहीं आती, शुरू-शुरू में, फिर आदत पड़ जाती है। सबको पड़ गयी तो उसे क्यों नहीं पड़ेगी। वह पूरी-पूरी रात बैठकर गुज़ार देती। कोशिश करती ज़्यादा चले-फिरे नहीं, पति को नींद पूरी करनी थी न ! कारखाने में नया-नया तबादला, काम का बोझ इतना कि बिस्तर पर लेटते ही नाक बजाने लगता।

फिर भी, दिन में जब-तब वह उससे कह उठती। वह जानती है, वह बच्चे को जन्म देने में बचेगी नहीं। शुरू-शुरू में पति सुनता और सुस्त हो जाता। कैसे बुरे वक़्त, इस क़स्बे में पटका गया। न अस्पताल, न डॉक्टर, पर करता क्या बेचारा ! न खुद की माँ ज़िन्दा, न पत्नी की, छोड़ता भी तो कहाँ छोड़ता उसे ? उसके सामने वह यही दिखलाता कि घबराने की कोई बात नहीं थी। उसकी बात हँसी में टालते-टालते आदत पड़ गयी और धीरे-धीरे उसने ध्यान देना बन्द कर दिया। रोज़-रोज़ एक ही बात, कोई कब तक सुने।

उमा सुनती और सोचती, पर यह तो मेरी कहानी है। बिलकुल मेरी कहानी। पर कहती नहीं। कैसे कहती ? मनीश की माँ ज़िन्दा थी और उसकी खुद की भी।

फिर उस औरत पर सफ़ाई का फितूर सवार हो गया। रात-रात-भर न सोये, न साँस ले, बस घर को सजाती घूमे। कलात्मक रुचि की थी, चित्र बनाया करती थी। अब क्या हुआ कि दिन-रात कैनवास पर रंग उँडेलने में अपने को खपा दिया। घर की तमाम दीवारें अपने बनाये चित्रों से पाट दीं। फ़र्श की जो धुलाई-रगड़ाई की कि पूछो मत। कम्पनी की मेज़-कुर्सियाँ उठाकर स्टोर में बन्द कर दीं। यह पलँग उसने खुद खड़े होकर बढ़ई से बनवाया था। पलँग क्या तख़्त समझो। हाँ, लकड़ी बढ़िया लगवायी और बनवाया खूब लम्बा-चौड़ा। पर नीचा तो देखो कितना है; फ़र्श से कुल छह इंच ऊपर। गद्दा भी पतला-सा। पता है क्यों ? दिमाग़ में यह ख़्याल चढ़ गया कि सारा सामान कमरे से बाहर निकालकर नीचा तख़्त डालेगी तो कमरा बड़ा और ख़ाली लगेगा। ख़ाली जगह में हवा क़ाबू आ जाएगी और वह साँस ले पाएगी। साँस आने पर, कौन जाने एक रात नींद भी आ जाए। पर उम्मीद कहाँ रंग लायी। सीमेण्ट के कण उसी तरह हवा को बोझिल बनाये रहे। उसके फेफड़ों को चुनौती देते रहे और वह छाती मसलती रात-भर इधर-उधर डोलती रही। उसे लगता उसका अजन्मा बच्चा आकर छाती में अटक गया है। कभी-कभी महसूस होता, वह ज़िन्दा नहीं, मर चुका है। अन्दर पड़ा-पड़ा फोड़े की तरह सड़ रहा है। इसलिए साँस नहीं आती, नींद ग़ायब हो गयी है, खुली आँख बुरे-बुरे सपने आते हैं। पर पक्का पता करने का कोई तरीक़ा नहीं था। क़स्बे में न अस्पताल था, न एक्स-रे मशीन और न डॉक्टर। इन्तज़ार के सिवा चारा न था। उस क्षण का जब पेट में दर्द की ऐंठन शुरू हो और बच्चा खुद-ब-खुद जन्म ले ले। दाई का काम तो नाल काटना और बच्चे को नहलाना भर था। प्रकृति साथ न दे तो मौत से कौन लड़ सकता है। दाई जो कर सकती थी, किया। उस औरत की क़िस्मत ख़राब थी। बच्चे का सिर माँ के ज़िस्म में अटका रह गया। बाहर आकर ही नहीं पाया। बाद में सुना, बड़े शहर में उसके परिचित कह रहे थे, फॉरसेप लगाकर बच्चे को बाहर खींच लेते तो दोनों की जान बच जाती। पर यहाँ कौन लगाता फॉरसेप ? मर गयी बच्चे समेत इसी कमरे में, इसी बड़े तख़्त पर, जिस पर तुम लेटी हुई हो। बदक़िस्मत थी बेचारी।

बदक़िस्मत या महज औरत, उमा सोचती। यह उसकी कहानी है या मेरी या हर उस औरत की, जो अपने वर्ग और स्थान से तोड़कर दूसरी जगह फेंक दी जाती है ? जब वह शादी से पहले कॉलेज में अर्थशास्त्र पढ़ाया करती थी तो उसकी हेड ने एक बार कहा था, विवाह करते हुए जिस बात का ख़्याल रखना चाहिए, वह है स्थानमूलक तुष्टिगुण, यानी प्लेस युटिलिटी। उमा समेत सब हँस दिये थे। विवाह के अर्थशास्त्रीय विवेचन पर हँसने के सिवा कर भी क्या सकते थे ! आज समझ में आता है, उनकी बात में दम था। भारत जैसे भीषण असमानताओं वाले देश में वर्ग

और स्थान की भूमिका एक जैसी है। सिर्फ़ औरत ऐसी चीज़ है जिसे कहीं से उखाड़कर कहीं फेंका जा सकता है, इस धारणा के साथ कि वह जड़ें जमा ही लेगी। ऐसे तो कोई कीकर-बबूल से भी पेश नहीं आता। पर कसूर किसका है ? खुद औरत का न। परजीवी की तरह इन्तज़ार क्यों करती है कि कोई सुदृढ़ जड़ों वाला वृक्ष मिले तो उसके कन्धों पर चढ़कर जीना शुरू कर दे। जड़विहीन क्यों बनाये रखती है खुद को।

नहीं, उमा ये सब माँजी से नहीं कहती। उनका एक ही जवाब होता, तुम्हारे माँ-बाप को शादी से पहले सोचना चाहिए था। माँ-बाप को, उमा को नहीं। मनीश से कहने का सवाल ही पैदा नहीं होता था। अबूझ, अकबकाये भाव से उसे देखते रहने पर, जो समझ उसकी आँखों में उपजती, वह सिर्फ़ यह कहती कि उसकी बातों का बुरा क्या मानना, गर्भवती स्त्रियाँ ऊलजलूल सोचा ही करती हैं। कहती क्या, वह सिलसिलेवार सोचती भी नहीं थी। यों ही टुकड़ा-टुकड़ा तर्क दिमाग़ में उठता और किरच-किरच दहशत मन में रड़कती रहती। फिर रात के अँधेरे में एक क्षण ऐसा आता, जब निस्सीम आतंक उसके पूरे अस्तित्व पर हावी हो जाता।

न चाहकर भी उसे वही कहानी बार-बार सुननी पड़ती थी। माँजी न सुनाएँ तो कोई और औरत सुना जाती थी। उन्होंने भी तो उन्हीं सबसे सुन-सुनकर रटी थी। मनीश का नया-नया तबादला उस कस्बे में हुआ था, इसलिए कारखाने में काम करने वाले सभी अफ़सरों और बाबुओं की बीवियाँ एक-एक करके उससे मिलने आ चुकी थीं। सबकी ज़बान पर छह महीने पहले मरी औरत की कहानी थी, जिसे अपनी-अपनी शैली में वे उसे सुना जाती थीं।

औरत मर गयी तो पति का दिल टूट गया। इस घर में रह नहीं पाया। अगले दिन पड़ोसी के घर जा टिका और मैनेज़र को दरख़्वास्त दे दी कि उसका घर बदल दिया जाए। इस घर के पीछे, ज़रा दायें को जो घर है, वह अलॉट हुआ है उसे। आजकल यहाँ है नहीं। शादी कराने दिल्ली गया हुआ है। आदमी अकेला कब तक रहे। छह महीने बीत चले। अच्छा हुआ बच्चा माँ के साथ निबट लिया, वरना कौन पालता बेचारे को। आदमी का तो दिल ऐसा टूटा कि घर छोड़कर जाते वक़्त यह पलँग यहीं छोड़ गया। कहने लगा, मुझसे देखा नहीं जाएगा। उसकी हैबतनाक चीख़ों और बच्चे की बेआवाज़ मौत का साक्षी है यह। हर वक़्त उसकी याद दिलाएगा। बड़ी साध से बनवाया था बदक़िस्मत ने।

दाई के बाहर आकर कहने पर कि दोनों ख़त्म हो गये, वह रोता हुआ कमरे में दाख़िल हुआ तो सबसे पहले ख़ून से तरबतर पलँग देखा। फिर पलँग पर पड़ी उसकी लाश। वह तो चीख़ मारकर बेहोश हो गया, बाक़ी लोग भी डर से जकड़े खड़े

रह गये। औरत की लाश की आँखें चौड़ी खुली हुई थीं और ऐसा खौफ़ और दर्द भरा था उनमें, कि किसी की हिम्मत पास जाने की नहीं हुई। सुना, मरघट के डोम ने ही आँखें बन्द कीं उसकी। बच्चा उसी के साथ जला। अटका जो पड़ा था बीच में। न पूरा बाहर, न पूरा अन्दर। कोई लेडी डॉक्टर होती तो बाहर खींचकर देख लेती, मरा है या ज़िन्दा। पर...देखकर होता क्या ? ज़िन्दा होता भी तो पालता कौन ? तुमने देखे नहीं, बच्चों के कितने सुन्दर-सुन्दर चित्र बनाये थे उसने। उस घर में लगे हैं, देख आना किसी दिन। सारे के सारे सहेजकर ले गया उसका पति। बस, एक यह पलँग छोड़ गया। यों धो-पोंछकर साफ़ कर दिया था एक पड़ोसी ने, पटना शहर से डिब्बा लाकर पॉलिश भी मार दी थी, बिस्तर फिंक ही चुका था, पर वह ले जाने को तैयार नहीं हुआ। मैनेज़र कहने लगा, कारखाने के स्टोर में पलँग वैसे भी कम हैं, कुछ टूट-फूट गये, कुछ अफ़सरों की बहाली बढ़ गयी। जो अगला अफ़सर इस मकान में आएगा, इस्तेमाल कर लेगा। पलँग है बढ़िया, नहीं ?

कहानी सुनते-सुनते उमा का चेहरा पीला पड़ जाता, साँस घुटने लगती, पेट में हौल का गोला उठ आता, सिर में चक्रवात भर जाता और उबकाई लेती वह उसी तख़्त पर निढाल पड़ जाती। आने वाली अफ़सर की बीवी होती, तो कान के पास आकर फुसफुसाती, “बच्चा यहाँ मत होने दो। यहाँ की दाई दस बच्चे करवाती है तो सात माँएँ मर जाती हैं। मेरे दोनों बच्चे शहर में हुए, माँ के घर। तुम अपनी माँ के पास दिल्ली क्यों नहीं चली जातीं ?” क्लर्क की बीवी होती तो त्रस्त आँखों से कहती, “आपने यह घर कैसे ले लिया, छह महीने से ख़ाली पड़ा था, कोई यहाँ आने को तैयार नहीं था। उस औरत का भूत...आप तो गर्भवती भी हैं। बच्चा जनने अपनी माँ के पास क्यों नहीं चली जातीं ? आपकी सास नहीं मानेगी क्या ?” कोई-कोई औरत माँजी से कह भी देती। तब वे लम्बी आह भरकर कहतीं, “इसके माँ-बाप ! उन्हें अपने सैर-सपाटे से फ़ुर्सत मिले तब न !”

वह बात नहीं है। उसके माँ-बाप और छोटी बहनें संवेदनहीन नहीं हैं। वह तो उनकी महानगरीय दृष्टि है, जो उन्हें बिहार के इस धुर क़स्बे की वास्तविकता देखने नहीं देती। वे जानते ही नहीं कि उनके देश में ऐसे गाँव-कस्बे भी हैं, जहाँ डॉक्टर नहीं हैं, चिकित्सा की सुविधाएँ नहीं हैं, जहाँ हर बीमारी का इलाज़ इस्पिरीन की गोली या तुलसी का काढ़ा है। दिल्ली शहर में भी लाखों लोग हैं, जो इसी कस्बाई तरीक़े से जीते-मरते हैं, उनके बारे में भी वे क्या जानते हैं ? उनके लिए बच्चे के जन्म में औरत का मरना बाज़ारू फ़िल्म का लटका है या सस्ते उपन्यास की गप। वे जानते ही नहीं, क़स्बा होता क्या है। उनके लिए छोटे से छोटा शहर है, जयपुर या कानपुर, जहाँ अस्पताल कम-ज़्यादा आधुनिक होते हैं; डॉक्टर कम-ज़्यादा क़ाबिल, पर होते ज़रूर हैं। घर के बिस्तर पर, दाई की मदद से एक भिगोना उबले पानी के भरोसे, बच्चे नानी-दादी ने पैदा किये थे, जिन्हें उसकी आधुनिक बहनें

मनुष्य का दर्ज़ा देने को भी तैयार नहीं थीं। वे संवेदनहीन नहीं, संवेदनशील थीं अपने वातावरण के प्रति। वही अर्थशास्त्र का स्थानमूलक तुष्टिगुण ! वर्ग और स्थान का न पट सकने वाला अन्तर उन्हें बिहार के इस औद्योगिक क़स्बे की सच्चाई जानने नहीं दे सकता था।

जब उसके गर्भवती होने के बाद, मनीश का तबादला अचानक यहाँ होने के आदेश आये, तो उसने सुझाव दिया भी था कि उमा माँ-बाप के पास जाकर बच्चे को जन्म दे। सुनकर वे भौचक रह गये थे। दोनों छोटी बहनों को लगा था शहर में दंगा हो गया। उनकी व्यस्त सामाजिक ज़िन्दगी की रफ़्तार में अड़चन तभी आती थी, जब शहर में फ़साद हो जाए। कॉलेज के बाद पिक्चर, पार्टी, नाटक, सैर-सपाटा उनकी दिनचर्या के अभिन्न अंग थे। अस्पताल की भागमभाग और बच्चे की चिल्लपों की उसमें गुंज़ाइश नहीं थी। ऐसा नहीं था कि उसके बच्चा पैदा करने या पालने में उन्हें हाथ बटाना पड़ता, बच्चा अस्पताल में डॉक्टर-नर्स के भरोसे पैदा होता, पर बेफ़िक्री और तफ़रीह में कुछ मनोवैज्ञानिक फ़र्क़ पड़ ही जाता। माहौल भी कोई चीज़ होती है। रात को बच्चा 'टाऊँ-टाऊँ' करके नींद ख़राब करता और दिन में मौज़-मस्ती करते यह अहसास मन को सालता रहता कि उमा अकेली है। पेट बढ़ी औरत को साथ लेकर बाहर जाना बहनों की सोफिस्टिकेटेड प्रकृति को रास नहीं आता और उसका अकेले घर पर पड़े रहना न्यायपूर्ण नहीं लगता। बेकार के धर्मसंकट में कोई पड़े क्यों, जब उनके महानगरीय धर्म के अनुसार, बच्चे का जन्म उसकी और उसके पति की अन्तरंग समस्या थी, जिससे उनका कोई सम्बन्ध नहीं था। माँ-बाप की सहानुभूति भी अपने माहौल के प्रति थी। उमा उन्हें क्या दोष देती ! शादी से पहले वही कहाँ जानती थी कि हिन्दुस्तान में ऐसे गाँव-कस्बे भी हैं, जहाँ डॉक्टर, अस्पताल, चिकित्सा-यन्त्र, ऑक्सीजन तो दूर, मामूली दवाइयाँ और इंजेक्शन भी नहीं होते। होता है एक प्राथमिक चिकित्सा केन्द्र, कम्पाउण्डर, दाई, एस्पिरीन की गोली और उबला गरम पानी। जानती तो अनजान अन्धे की तरह, गर्भ धर, इस क़स्बे में न चली आती। पर...जाती कहाँ ?

शुरू-शुरू में उसने मिलने आने वाली औरतों से पूछा भी था, "यह कैसी जगह है कि यहाँ कारखाना है, घर हैं, फ़र्नीचर हैं पर अस्पताल या डॉक्टर नहीं हैं ?"

जवाब मिला था, "हैं क्यों नहीं। आम बीमारियों के लिए प्राथमिक दवाखाना है। एक प्राइवेट जनरल फिजीशियन भी है। गम्भीर बीमारी हो तो कम्पनी अपने मातहतों को इलाज़ के लिए पटना भेज देती है। बस लेडी डॉक्टर नहीं है। तो भई, देहात में तो बच्चे दाई ही जनवाती है। हाँ, जच्चा-बच्चा की मृत्यु दर काफ़ी ज़्यादा है। पर क्या किया जाए, गँवई गाँव का यही हाल है अपने देश में ! जिनका मन यहाँ नहीं टिकता, मायके या ससुराल चली जाती हैं। तुम जानो, हमारे यहाँ लड़कियाँ मायके जाना ही पसन्द करती हैं। एकाध कोई ससुराल जा टिकती है। इसीलिए लेडी

डॉक्टर की ज़रूरत कभी महसूस नहीं हुई। पर अब कम्पनी के मालिक बूढ़े हो चले। नयी हवा के उनके लड़के-बहू चाहते हैं, यहाँ अस्पताल खुले, इलाज़ का वाजिब इन्तज़ाम हो, लेडी डॉक्टर तक बहाल की जाए। योजना बन गयी है, दो-तीन साल तक अस्पताल हो जाएगा यहाँ।"

पर उमा का बच्चा तो अगले महीने पैदा होना था। उसे रोककर नहीं रखा जा सकता था। दो-तीन साल क्या, प्रकृति एक बार निर्णय ले ले तो घण्टा, आधा घण्टा भी रोका नहीं जा सकेगा। तभी न, इतना आसान है बच्चे का जन्म और इतना दुष्कर ! अपने हाथ में कुछ है ही नहीं—उसका जी करता था पटना चली जाए, दस-पन्द्रह दिन किसी होटल में रहे और दर्द शुरू होने पर अस्पताल में भर्ती हो जाए। वहाँ वह अकेली हो सकेगी। वह औरत नहीं जाएगी उसके साथ। पर कैसे ? पैसा कहाँ था उसके पास ? जो कमाया, साथ-साथ ख़र्च करती रही; तब आर्थिक स्वतन्त्रता विलास की वस्तु थी। जो बचाया, अपनी शादी में लगा दिया, थोड़ा-बहुत फिर भी जो बचा रहा, शादी के बाद मौज़-मज़े में होम कर दिया। अब वह पूरी तरह मनीश पर निर्भर थी। मनीश के पास इतना पैसा नहीं था कि उसे हफ़्ते-दो हफ़्ते सस्ते-से-सस्ते होटल में भी ठहरवा सके। फिर ज़रूरत क्या थी ? बच्चे किसके नहीं होते ! गाँव-क़स्बों में शहरों से ज़्यादा होते हैं। सब-की-सब औरतें बच्चा जनने में मर जातीं तो देहात में बढ़ती आबादी यों अजाब न बनी होती। रहने दो। मैं जच्चा-बच्चा की मृत्यु दर नहीं जानना चाहता। मैंने तुम्हारी तरह अर्थशास्त्र नहीं पढ़ा। आँकड़ों पर मेरी आस्था नहीं है, अपनी आँखों पर है। कोई एक औरत बच्चा जनते इस घर में मर गयी तो इसका यह मतलब नहीं कि सब मरेंगी। औरतों को तो बात में से बात निकालने का चस्का होता है। मेरे पास इतना वक़्त कहाँ है ? अभी तबादला हुआ है। नया काम समझने-निबटाने के बाद बिस्तर पर लेटता हूँ, तो बदन चस-चस कर रहा होता है। मुझे तो साँस लेने में कोई तकलीफ़ नहीं होती, न किसी औरत का भूत मुझे सताता है। बढ़िया, चौड़ा, आरामदेह पलँग है। टीसते बदन को सुख मिलता है। गहरे सोऊँ नहीं तो अगले दिन काम कैसे करूँ ?

हर आदमी अपने-अपने वर्ग-स्थान के प्रति संवेदनशील था। बच्चा उमा को पैदा करना था। इस क़स्बे के इस घर के उस पलँग पर, जिस पर वह औरत मरी थी। मनीश को नहीं। न उमा के माँ-बाप या बहनों को। वे सब अपने दायरों में सुरक्षित थे। वह औरत तो सिर्फ़ उमा के साथ रहती थी।

उसे हल्का-हल्का बुख़ार रहता था। जब-तब पेट और कमर में दर्द की मरोड़ उठा करती थी। दिन फिर भी गुज़र जाता, पर रात होने पर बिस्तर पर लेटती तो घण्टे-भर बाद उठ बैठती। नाक-मुँह दोनों से साँस लेने की कोशिश करती, पर साँस

आती नहीं। कभी-कभी इतना घबरा जाती कि मनीश को झकझोरकर जगा देती। कहती, "दम घुट रहा है मेरा, साँस नहीं आ रहा।"

"बेवक़ूफ़ी की बात मत करो," वह कहता, "हवा में सीमेण्ट के कण हैं, इसीलिए साँस लेने में तकलीफ़ होती है। शुरू-शुरू में सभी को होती है, फिर आदत पड़ जाती है। सबको पड़ गयी, तुम्हें क्यों नहीं पड़ेगी ? दम घुटकर कोई नहीं मरा आज तक। कोशिश करो, नींद आ जाएगी। आदमी चाहे तो बैठे-बैठे भी सो सकता है। और चारा भी क्या है, तुम्हीं बतलाओ, मैंने तो कहा था कि दिल्ली चली जाओ पर तुम..."

उमा निरुत्तर हो जाती और मनीश करवट बदलकर पलँग के दूसरे कोने पर सरक जाता। ख़ूब चौड़ा पलँग था, चार ताबूतों के बराबर। मनीश और उसके बीच वह औरत आराम से आ लेटती थी। उसी का था न पलँग, साध से बनवाया हुआ। होनी को टालकर साँस लेने की ज़िद्दी आस में वह उमा के बराबर में लेटी रहती। साँस न उसे आती, न उमा को। उमा आँखें पूरी खोल, नीले चेहरे पर जड़ी, भय से फटी उन आँखों में देखती, जिनसे मौत ने रोशनी तो छीनी, त्रास नहीं छीन पायी। खौफ़ और दर्द का कैसा आलम था, जिसने मरकर भी उसकी आँखों को बन्द नहीं होने दिया। उमा और गहरे उनमें झाँकती। वह औरत मन्द-मन्द मुस्कराने लगती पर आँखों का आतंक बना रहता। उमा को लगता वह उसका अजन्मा बच्चा ही था, जो अब उसकी कोख से जन्म लेने वाला था। उसके घर में उसी के पलँग पर। उसका मन पसीज़ उठता। वह उसे भरोसा देने लगती कि इस बार उसका बच्चा ज़िन्दा जन्म लेगा। वह उसे सहेजकर रखेगी, उसकी अमानत की तरह। औरत मुस्कराना बन्द कर देती। उसकी पुतलियाँ और फैलतीं, त्रास और गहराता और उसके साथ उमा को भी वह हैबतनाक मंज़र दीख जाता, जिसने कभी न ख़त्म होने वाला खौफ़ उसकी रूह में भर दिया था। हौल का बवण्डर उठता और उसके पूरे वजूद पर तारी हो जाता।

पता नहीं कितनी रातें उसने उस औरत के साथ एक बिस्तर पर गुजारीं। फिर सहना नामुमकिन हो गया। वह उसे मनीश के पास छोड़, भटकी रूह की तरह घर में डोलने लगी। मनीश उस औरत की बग़ल में आराम से सोया रहता। उमा इस कमरे से उस कमरे में भागती, वक़्त काटने के लिए कोने-कोने की सफ़ाई करने लगती।

एक वक़्त आया कि सफ़ाई-सजावट का फ़ितूर उसके सिर पर सवार हो गया। छोटे क़स्बे में और जो न हो, प्राकृतिक सम्पदा काफ़ी थी। उसने सारा दिन आसपास के मैदानों-जंगलों में गुज़ारना शुरू कर दिया। तरह-तरह की आकर्षक आकार वाली डालियाँ, फलियाँ, लतरें, बाँस, जड़ें और जंगली फूल-पत्तियाँ ढूँढ़-ढूँढ़कर जमा करती और घर ले आती। फिर उनमें से कुछ फूलदानों में सजाती, कुछ के कोलाज बना डालती। फ़र्श और दीवारों पर सीमेण्ट की परत बार-बार साफ़ करती, उन्हें झाड़ती,

पोंछती, चमकाती और अपनी बनायी कलाकृतियाँ उन पर सजा देती। फ़र्श पर छोटी मचियों पर रखे फूलदान, दीवार पर रंग-बिरंगे, जीवन की हँसी-ख़ुशी को मूर्त करते कोलाज। अपने सबसे प्रिय कोलाज से उसने शयनकक्ष की दीवार ढक दी। पत्रिकाओं में से हँसते-खिलखिलाते बच्चों के चित्र काटकर उनके बीच उगते सूरज और अनगिनत झिलमिलाते सूरजमुखी के फूलों के बिम्ब रंगकर कोलाज तैयार किया था। उसकी कोशिश थी कि घर को इतनी सुन्दरता और जीवन्त हँसी से भर दे कि मौत अपना देखा हुआ रास्ता भूल जाए।

इस कोशिश में किसी-किसी रात बदन की हरारत ज़ोर पकड़ लेती। जूड़ी से थरथर काँपता शरीर तेज़ ज्वर के कब्ज़े में आ जाता। वह तय नहीं कर पाती, एस्पिरीन की गोली खाए या नहीं। कभी मेहनत से क्लान्त देह ताप के सामने समर्पण कर देती और वह वहीं कमरे के धुले-पुँछे फ़र्श पर ढह जाती। नीम बेहोशी नींद का काम देती। माँजी का ध्यान उस पर चला जाता तो उठाकर फ़र्श पर बिछे अपने बिस्तर पर लिटा देतीं। उमा को कुछ राहत मिलती। जब से उसने देखा है, माँजी फ़र्श पर ही अपना बिस्तर बिछाती हैं। मनीश को ज़मीन पर पसरने से ख़ास चिढ़ है, वह जानती है। पर माँजी से उसने समझौता कर रखा है। एक बार बतलाया था उन्होंने, कैसे पति के मरने पर जब उन्हें धरती पर उतारा गया तो वे भी उतर आयी थीं। दुबारा पलँग पर नहीं चढ़ी थीं। मनीश की कहा-सुनी के बावजूद ज़मीन पर सोने का नियम बना लिया था।

उमा को वहाँ लिटाकर वे उसके सिर में तेल की मालिश करते हुए उसे ढाढ़स बँधातीं, "ऐसे घबराया नहीं करते, भगवान् पर भरोसा रखो। मैंने दस बच्चों को जन्म दिया, ज़िन्दा रहे कुल चार। तीन लड़कियाँ और यह एक लड़का, मनीश। भगवान् की मर्ज़ी। हिम्मत रखो। भगवान् जो करेगा अच्छा ही करेगा।"

उमा की हिम्मत जवाब दे जाती। वह यह पूछने लायक भी नहीं रहती कि दस बच्चों में से कुल चार को जीवित रखकर भगवान् ने अच्छा क्या किया ? वह औरत आकर उसके पैताने खड़ी हो जाती और अपनी दहशत-भरी आँखों से उसे ताकती रहती। वह काँप-काँप जाती। माँजी और मनीश उसे आम बीमारियों का इलाज़ करने वाले प्राइवेट फिजीशियन को दिखलाने के बारे में इस-उस से सलाह करते, गर्भावस्था में दिखलाना ठीक रहेगा या नहीं ? निर्णय लिये जाने से पहले बुख़ार उतर जाता और इन्तज़ार का पुराना सिलसिला शुरू हो जाता उस दिन का, जब समय पूरा होने पर, प्रकृति उसे उस गुरुभार से मुक्त कर देगी।

एक महीने तक उसने इसी तरह घर को सजाया, सँवारा, सुन्दर-स्वास्थ्यकर बनाया। फिर बरसात के मौसम के शुरुआती हफ़्ते में, रात के तीसरे पहर, जब वह घर के अन्दर घुस आए चींटियों-मकोड़ों को बुहारकर बाहर फेंकने की नाकाम कोशिश कर रही थी, उसके लगा उसके भीतर कुछ फट गया। ढेर सारा पानी टाँगों

के बीच से निकलकर फ़र्श पर वहने लगा। कोई ज़ोर से चीख़ पड़ा। शायद वह औरत थी।

माँजी दौड़ी आयीं और गुहार मचाने लगीं कि बरसाती रात के उसी अँधियारे पहर में मनीश भागकर जाए और दाई को बुला लाए। उमा को ले जाकर पलँग पर लिटाने लगीं तो उसने कहर वरपा कर दिया। "दूसरा पलँग लाओ। कहीं से भी लाओ, दूसरा लाओ। यह नहीं। इस पर नहीं।"

वह साफ़ देख रही थी, उस पलँग पर वह औरत लेटी हुई थी।

"पागल हुई हो," मनीश ने कहा, "इस वक़्त दूसरा पलँग कहाँ से आएगा ?"

माँजी इस कदर घबरा गयीं कि ज़िन्दगी में पहली बार, इकलौते बेटे को गाली दे डाली, "नामुराद, बच्चा जनती औरत की बात सुना करते हैं। कहीं से भी एक खाट लेकर आ, माँगकर, चुराकर, कैसे भी ला।"

क्या उन्होंने भी उस औरत को देख लिया था ?

मनीश को याद आया, घर के सामने जो आम का बगीचा था, उसके बाहर एक तख़्त पड़ा रहता था। चौकीदार और उसके साथी उस पर बैठकर खैनी फाँकते और ताश पीटा करते थे। इस बरसात में वह ख़ाली होगा। वह जाकर वही उठा लाया।

तख़्त बारिश के पानी से भीगा हुआ था। आम से झड़ा बौर सड़कर उस पर चिपक गया था। उमा उस पर लेटी तो एक बार लिसलिसाहट ज़रूर महसूस की, फिर बदन से बेतरह झर रहे पसीने से उसे एकाकार कर लिया। बच रहीं दर्द की उठती-गिरती लहरें और हर ज्वार के बाद शरीर पर रेंगने-काटने का अहसास। जब तक दर्द की लहर उतरकर दुबारा चढ़ने में पन्द्रह मिनट का वक्फा देती रही, देह पर कीड़े रेंगने का अहसास तीव्रता से महसूस होता रहा। उसे लगा वह औरत, दूसरे कमरे में खिसकाये गये पलँग से उठकर, उसके बराबर में आ लेटी थी। यह उसकी ठण्डी-नीली उँगलियों का स्पर्श था, जो सहलाने-गुदगुदाने के बजाय बदन पर रेंग-रेंगकर डंक मार रहा था। डरकर वह चीख़ उठी। दर्द ने चीख़ को समेट लिया और उस लिजलिजे-चुँटते अहसास से छुटकारा दिलाने के लिए पाँच-पाँच मिनट पर उठने लगा। पर छुटकारा मिला नहीं। ज्यों-ज्यों दर्द बढ़ा, वह अहसास भी बढ़ता गया। जब तक दाई वहाँ पहुँची, दर्द से निजात का वक़्त बेमानी रह गया था, फिर भी उमा ने उसके दोनों हाथ पकड़कर कहा, "मेरे बदन पर कुछ रेंग रहा है, काटे जा रहा है।"

दाई हँस पड़ी। बोली, "यह बोसीदा तख़्त कहाँ से उठा लाये, चींटियाँ ही चींटियाँ भरी पड़ी हैं सड़ी लकड़ी में। वह बढ़िया पलँग कहाँ गया, जिस पर मैंने पहली वाली की जचगी करवायी थी ?"

"नहीं, वह नहीं," उमा चीख़ पड़ी, "उस पर मैं उसका बच्चा ज़िन्दा नहीं जन पाऊँगी।"

दाई ने कन्धे झटक दिये और अपने काम से लगी। उसके दोनों हाथ अपने

बलिष्ठ हाथों में जकड़कर, बच्चा जनने के लिए, सामर्थ्य से बाहर का ज़ोर लगाने के लिए उसे उकसाने लगी। दर्द पूरे उठान पर था। उमा उस औरत से मिन्नत कर रही थी कि वह उसके बराबर से उठ जाए, जिससे वह उस सँकरे तख़्त पर पूरा फैलकर लेट सके और उसके बच्चे को ज़िन्दा जन्म दे सके। ओठों ही ओठों में वह कहे जा रही थी, "इस बार तुम्हारा बच्चा ज़रूर ज़िन्दा रहेगा, तुम देख लेना, ज़रूर रहेगा। इस खौफ़ को अपनी आँखों से निकाल दो, मेरे बोसीदे पलँग से उठ जाओ। मुझे अकेला छोड़ दो। मैं वादा करती हूँ, कितनी भी ताक़त लगे, मैं तुम्हारे बच्चे को ज़िन्दा जन्म दूँगी।"

उमा ने आँखें बन्द कीं, दाँत कसे, दाई के हाथों पर नाखून गड़ाये और शरीर के निचले भाग को शक्ति का केन्द्र बना लिया। पल-भर के लिए उस औरत ने भी अपनी आँखें बन्द कर लीं। उतनी विमुक्ति काफ़ी थी। खौफ़ से आज़ाद होते ही, उसकी देह में एक नयी इच्छाशक्ति ने जन्म लिया। शरीर की ताक़त से परे की चीज़ थी वह इच्छाशक्ति, जिसके बल पर बदन से निकला ख़ून का फव्वारा शिशु को भी बाहर खींच लाया।

"लड़की है।" दाई ने कहा।

गर्व से उमा का चेहरा दीप्तिमान हो गया। डर, दर्द बदन पर रेंगती चींटियाँ सब भूलकर वह बुदबुदा उठी, "मैं जीत गयी। अपनी बच्ची को रोते सुना मैंने।" उसने आँखें खोलीं और बच्ची के बजाय औरत को देखा। उसकी आँखें भी खुली थीं और उनका खौफ़ बरकरार था। उमा ने अपनी ग़लती महसूस की। हार-जीत का सवाल कहाँ था ? यह जन्म उन दीनों का साझा था। "मेरी नहीं तुम्हारी बच्ची", उसने प्रार्थना के स्वर में कहा, "एक बार देखो तो उसे, कितनी स्वस्थ है। सुनो उसका जीवन-क्रन्दन और इस भय को अपनी आँखों से मिटा दो। प्यार करो उसे और विदा लो।"

खौफ़जदा चेहरे और फटी आँखों के साथ वह औरत हँस दी। अगर फ़व्वारे की तरह उमा का खून बाहर न बह रहा होता तो उस हैबतनाक हँसी को देख जम जाता। कँपकँपी तो छूट ही गयी। फिर थर-थर, थर-थर, उसका बदन थर-थराता ही चला गया।

"मेरा काम ख़त्म हुआ। मुझे इनाम दो, मैं जाऊँ," दाई ने कहा, "अब किसी डॉक्टर को बुलाओ। खून गिरना बन्द नहीं हो रहा, ताप चढ़ रहा है। यह काम मेरा नहीं, डॉक्टर का है।"

माँजी फिर गुहार मचा उठीं, "लेडी डॉक्टर को मार गोली। जा मनीश, किसी मर्द डॉक्टर को ही बुला ला। कुछ तो करेगा। ऐसे मर जाएगी बहू।"

एक बार फिर बरसाती रात के अँधेरे और पानी को कोसता, मनीश घर से बाहर निकला।

"कुछ नहीं बदला," उस औरत ने कहा, "इच्छाशक्ति मुझमें तुमसे कम नहीं थी। फ़र्क़ सिर्फ़ इतना था कि मेरा बच्चा पहले मरा, मैं बाद में और तुम पहले मरोगी, तुम्हारा बच्चा बाद में।"

"ऐसा मत कहो," थरथराते बदन, किटकिटाते दाँत और बहते ख़ून को नज़र-अन्दाज़ करके उमा ने कहा, "यह तुम्हारी ही बच्ची है, जिसने मेरी कोख़ से जन्म लिया है। यह ज़िन्दा रहेगी। ज़रूर रहेगी। तुम देखो तो सही एक बार।"

मनीश जवान नौसिखिया डॉक्टर को लिये कमरे में दाख़िल हुआ। डॉक्टर ने देखा और सिर हिला दिया। "बहुत देर कर दी। गुर्दे नाकाम हो गये हैं। रक्त-स्राव रोकने का मेरे पास उपाय नहीं है। यह केस अस्पताल का था।"

उमा ने सुना और नहीं भी सुना। उसका पूरा ध्यान उस औरत पर केन्द्रित था। "बच्ची ?" उसने आर्तनाद करके कहा।

आख़िर वह औरत अपना खौफ़जदा चेहरा लिये बच्ची के ऊपर झुक ही गयी। उमा उन्हें एकटक निहारती रही। उस औरत की आँखों का फैलाव कम हुआ, पलकें झपकीं, पुतलियाँ सिकुड़ीं और उनमें आँसू उमड़ आये। फिर दुनिया-भर की ममता और करुणा उनमें भर गयी। अब जब उसने उमा को देखा तो उसकी आँखों में दहशत के बजाय करुणा का दर्द लहरा रहा था। उमा का डर जाता रहा। उसने अपनी बाँहें फैला दीं। वह पास चली आयी। उसे अपनी बाँहों में थाम उसके बराबर में लेट गयी।

उमा ने उसके सीने पर सिर रखकर कहा, "मैं मरना नहीं, जीना चाहती हूँ।"

"मैं भी जीना चाहती थी। बहुत कोशिश की थी मैंने।"

"जानती हूँ तुम्हारी कहानी। बहुत बार सुन चकी हूँ।"

"भूल जाओ उसे, अब यह तुम्हारी कहानी है। ख़त्म होकर फिर शुरू होने वाली। वह देखो।" उसने उसका चेहरा बच्ची की तरफ़ घुमा दिया। "हाँ, एक औरत अभी ज़िन्दा है, वह जो अभी पैदा हुई है," आख़िरी हिचकी के साथ उमा ने कहा। बच्ची पर टिकी उसकी आँखें खुली की खुली रह गयीं।

"इसके प्राण भी आँखों से निकले," माँजी ने काँपकर कहा।

सनाका खिंच गया। कोई आगे बढ़कर उन खुली आँखों में छाया खौफ़ और दर्द देखने की हिम्मत नहीं जुटा पाया। तभी बच्ची धीमे सुर में रो पड़ी। एक और औरत दुनिया में आ गयी। माँजी का मन ममता से भर गया। वे बच्ची को उठाने आगे बढ़ीं। हिम्मत करके उमा की पलकें मूँदने को हाथ बढ़ाया। देखा चींटियों ने उसके पूरे बदन को ढँक लिया था पर उसकी आँखों में खौफ़ नहीं, अपार करुणा भरी हुई थी। उन्होंने मर चुकी औरत की आँखें बन्द कर दीं और अभी पैदा हुई औरत को चींटियों के बीच से उठा, उस कमरे में दौड़ गयीं, जहाँ साध से बना पुराना पलँग रखा था।

रेशम

हेमवती ने अपनी सफ़ेद साड़ी पर हाथ फेरा। कपड़ा खूब मुलायम है। बढ़िया रेशम। उनका हाथ खुरदरा मालूम पड़ रहा है उसके सामने। है जो खुरदरा। उन्होंने हथेलियाँ रेशम से हटाकर आँखों के सामने फैलायीं। फिर एक-दूसरे पर मलकर देखीं। न, ज़रा लुनाई नहीं है। रगड़ खाकर ऐसे आवाज़ कर रही हैं जैसे दाल का ख़ाली लिफ़ाफ़ा मसलकर फेंका हो। दोनों बहुओं के हाथ कितने मुलायम हैं ! हथेलियाँ, हाथों की ऊपरी खाल तक मक्खन हुई पड़ी हैं। क्यों न हो ! काम न धाम...न, अन्याय की बात नहीं कहेंगी वे...काम तो भतेरा है, करतीं भी कम नहीं। पर साज-सँभाल, सिंगार-पटार भी खूब। जाने कितनी तरह की क्रीम हाथ-पैरों पर रगड़ा करती हैं। फिर बेटों का रसिक प्यार, लाड़-मनुहार। अच्छा कमा-खा रहे हैं, बढ़िया पहन-ओढ़ रहे हैं। बल्कि खाते कम, पहनते ज़्यादा हैं। कहना चाहिए अच्छा कमा-लुटा रहे हैं। मज़ा लूटते हैं। पैसा लुटाते हैं।

बाऊजी भुन-भुन करते रहते थे, “लुटाने के लिए कमाते हैं उल्लू के पट्ठे। यह नहीं कि कुछ ज़मीन-जायदाद का जुगाड़ करें। देख लेना तुम, दोनों मिलकर भी अपने बच्चों के लिए एक मकान नहीं बना पाएँगे।”

बाऊजी की निराशाजनक भविष्यवाणी उन्हें कभी त्रासद नहीं लगी थी। पर मुँह खोलकर विरोध भी नहीं किया था। ऐसा नहीं था कि वे पति-परमेश्वर की शिक्षा से अभिभूत थीं या बाऊजी से भय खाती थीं। बोलतीं वे उनके सामने रहती ही थीं, बस वे सुना नहीं करते थे। रामू की शादी के बाद घर में टी. वी. क्या आया, शाम को दुकान से घर लौटते ही उसके सामने जा विराजते थे। खुद कुछ कहना हो तभी आवाज़ धीमी करें वरना मार ऊँचे सुर में भौंका करे बक्सा। एक पत्रिका में पढ़ा, उसका नाम बुद्धू-बक्सा दिया हुआ था। उनकी समझ में नहीं आया था वह ‘बुद्धू’ कैसे हुआ ! बुद्धू तो वह औरों को बनाता था। सब गुमसुम उसके सामने बैठे रहते थे। तो ‘चालाक-बक्सा’ हुआ ! बाऊजी को ही लो। उस पर हुए ख़र्च से सख़्त नाराज़ थे पर सबसे ज़्यादा वक़्त वही उसके सामने गुज़ारते थे। “उल्लू के चरखे ! इतना पैसा लुटा दिया, अब कुछ वसूली तो हो। कोई देखेगा

नहीं तो तमाम पैसा मिट्टी हुआ कि नहीं। देखा करो तुम भी।"

नाराज़ होकर जब-तब ताक़ीद करते रहते थे। पर वे नहीं देखती थीं। बल्कि उसके शोर से होड़ करके ऊँचे-ऊँचे बोला करती थीं। बाऊजी सुनते नहीं थे। सो तो पहले भी नहीं सुनते थे, पर अब सुनाई ही नहीं पड़ती थी। किसको ज़्यादा बेवकूफ़ बनाया चालाक-बक्से ने, उन्हें या बाऊजी को, कहना मुश्किल था।

एक सुबह जब बाऊजी आदतन लड़कों की फिजूलख़र्ची को कोस रहे थे और चालाक-बक्सा ख़ामोश था, वे कह उठी थीं, "लुटाने को है तो लुटा रहे हैं।"

"चाहते तो हम भी लुटा सकते थे," भड़ककर बाऊजी ने कहा था, "पर तब सड़क पर खड़े होते तुम लोग।"

वे चुप कर गयी थीं। बाऊजी की बात में दम था। लुटाने की चाह नहीं थी तभी तो पाई-पाई जोड़कर, दक्षिण दिल्ली जैसे महँगे इलाक़े में, यह छोटा-सा मकान बना पाये थे। नींव का पत्थर तभी रख दिया था, जब नन्हा राजू क्रिकेट के बढ़िया बल्ले के लिए हफ़्तों रो-रोकर हलकान होता रहा था और बल्ला नहीं आया था। आख़िर उसके रोने-झींकने से परेशान होकर, उन्होंने अपने पास के पैसों से उसे बल्ला ख़रीद दिया था। बस, तभी से बाऊजी ने उन्हें एकमुश्त घर का ख़र्च देना बन्द कर दिया था।

रोज़ सुबह हिसाब लगाकर दिन-भर के ख़र्च को पैसे पकड़ाते थे और शाम को उनसे पूरा हिसाब तलब कर लेते थे। अगला दिन, अगली सुबह पर। हर सुबह हाथ फैलाकर दस-बीस रुपये लेने में वे भिखारिन-सा महसूस करती थीं। तमाम दिन पैसे-पैसे की गिनती करते बीतती थी। शाम तक, हाथ ख़ाली होने पर, वही भिखमंगापन दूनी ताक़त के साथ उन पर हावी हो जाता था। कोई तकादा करने आ निकलता तो जग ज़ाहिर भी हो जाता। अगली सुबह, ब्यौरेवार हवाला देने पर ही, दस-पाँच रुपये ज़्यादा हाथ लग पाते थे। मकान का किराया, बिजली, पानी का बिल, स्कूल की फ़ीस जैसे एकमुश्त ख़र्चे बाऊजी स्वयं करते थे। दिनभर के मामूली ख़र्चों के लिए, हिसाब बीस का बनता, तो अपनी तरफ़ से कटौती करके उन्हें दस या पन्द्रह ही थमाते। साथ में तकियाकलाम की तरह सधा, अपना फटकारभरा जुमला कहना कभी नहीं भूलते थे।

"गधे हैं गधे, काठ के उल्लू, एक पैसा नहीं बचा पाएँगे ये ज़ोरू के गुलाम ! देख लेना, एक गज़ ज़मीन नहीं ख़रीद पाएँगे।" वे चुपचाप रुपये लेकर धोती के पल्लू में बाँध लिया करती थीं। कभी-कभार धीमे से जवाब भी ठोक दिया करती थीं पर सुनने से पहले बाऊजी बाहर निकल चुके होते थे। एक दिन उन्होंने कुछ ज़ोर से कहा था, "रामू का बेटा शशि है न, क्रिकेट बहुत बढ़िया खेलता है।"

बाऊजी ठिठक गये थे, मुँह उठाकर कहा था, "तो ?"

"अपने स्कूल की जूनियर टीम में है।"

"तो ?" बाऊजी ने त्योरी चढ़ाकर पूछा था।

"उसका बल्ला बहुत क़ीमती है।"

"तो ?" बाऊजी की त्योरी और चढ़ी थी।

वे कुछ गड़बड़ा गयी थीं और खीजकर बोली थीं, "तो-तो क्या ? तो बस !"

"सठिया गयी हो," बाऊजी गरमा गये थे। "रुपये सँभाल लोगी या बहू को दे दूँ ?" उनका मन हुआ था रुपये उनके मुँह पर दे मारें, पर तभी दूधवाला आ गया था और दस में से पाँच रुपये उसके हवाले हो गये थे।

अपने कमरे से रामू की बहू तारा ने बाऊजी की बात सुन ली थी। देर तक वहाँ से उसकी और शशि की खिलखिलाहट सुनाई देती रही थी, "दस रुपये का खज़ाना, बाप रे, मैं कैसे सँभालूँगी !" कहा उसने दबी ज़बान से ही था, पर हँसी के दबाव से शब्द उछलकर उनके कानों में आ पड़े थे। बेकार अटपटी बात कहने गयीं। बाऊजी ग़लत नहीं कहते थे, यह बात दूसरी थी कि शशि के पास वाक़ई बहुत बढ़िया क्रिकेट-बल्ला था, जैसा वे चाहकर भी रामू के लिए ख़रीद नहीं पायी थीं।

हँस-हँसा लेने पर तारा सहसा उन पर मेहरबान हो गयी थी और शाम को बाऊजी के घर लौटने पर उनसे पूछ बैठी थी कि वे महीने का ख़र्चा एक साथ माताजी को क्यों नहीं देते।

"रोज़-रोज़ हाथ फैलाने में आदमी जलील महसूस करता है !" उसने टोका था।

"आदमी ?" बाऊजी ने त्योरी चढ़ाकर पूछा था।

"औरत सही," तारा ने कहा था, "औरत भी आदमी, मेरा मतलब, इन्सान होती है।"

"सवाल इन्सानियत का नहीं, अक्ल का है। पैसा सँभालना आना चाहिए। इनके हाथ पर रख देता तो बना लेता मकान। तब इतने ठाट से रहने को नहीं मिलता, बहू।"

तारा पहले कसमसायी थी, पर उनकी तकरीर के आखीर तक आते-आते ठण्डी पड़ गयी थी। मकान की ठोस असलियत के नीचे उसकी सहानुभूति दब गयी थी। उसका अपना पति बाऊजी की नकल करता तो बात आगे बढ़ाती भी, पर वह तो हर महीने की पहली तारीख़ को, आज्ञाकारी मातहत की तरह, पूरी तनख्वाह लाकर उसके हाथ पर रख देता था। लो, फिर हो गयी अन्याय की बात। वे शब्द तो बाऊजी के कहे हुए थे, आज्ञाकारी मातहत की भला इसमें क्या बात थी ! अपनी कमाई पति पत्नी को नहीं देगा तो किसे देगा ? ब्याह के वक़्त पण्डित जी साफ़-साफ़ वचन नहीं भरवा लेते ? भरे तो बाऊजी ने भी थे पर...उस दिन बहू को अपना पक्ष लेते देख या अपने लिए जलील शब्द का इस्तेमाल सुन, वे एकबारगी हद दर्ज़े की जलालत महसूस कर उठी थीं। इतना जलील बाऊजी के आगे हाथ फैलाते कभी महसूस नहीं किया था। उनका रूखा चेहरा और सूख गया

था, शायद उसी को देख बहू ने बात आगे नहीं बढ़ायी थी। दोपहर को नरमी के साथ उनसे कहा भी था, "आप घर में ख़र्च क्यों करती हैं ? मेरे पास पैसे हैं न !"

"हैं तो मेरे पास भी," उन्होंने मान-भरे स्वर में कहा था, "मुझ पे हुए, बाऊजी पे हुए, एक ही बात है। यह तो पीढ़ी-पीढ़ी का फ़र्क़ है। ख़र्चा किसके हाथ से हो, औरत के या आदमी के !" कहते-कहते उनके स्वर की ठसक जाने कब बिला गयी थी और उन्हें अनुभव हुआ था कि वे रुआँसी हो आयी हैं। तारा भावुक और समझदार लड़की थी। समझ गयी होगी कि वह अच्छे को कहे या बुरे को, उन्हें चोट ही पहुँचा सकती है, राहत नहीं। फिर बात नहीं छेड़ी थी उसने। दोनों अपना-अपना ख़र्च, अपने-अपने तरीक़े से चलाती गयी थीं। हाँ, जब रामू ने अपने कमरे में एयरकण्डीशनर लगवाया तो बैठक में कूलर लगवाने का प्रस्ताव ज़रूर रखा था। बाऊजी ने डाँट दिया था, "फिज़ूल के चोंचले ! हमें नहीं चाहिए कूलर-वूलर। जितना तुम एयरकण्डीशनर पर फूँकोगे उतने में डी.डी.ए. के मकान की एक किस्त अदा हो जाएगी।"

अपने कमरे में तारा हँस दी थी, "और बाक़ी की किस्तों का क्या होगा ?" हँसती-बोलती वह धीमे से थी, पर हेमवती तक उसकी बात पहुँच जाती थी। कान ही इतने तेज़ थे उनके, क्या करती ! बचपन में रामू-राजू शिकायत किया करते थे कि माँ से कोई बात छुपी नहीं रहती। गुसलख़ाने का दरवाज़ा बन्द करके गुप्त मन्त्रणा करो तब भी उन तक भनक पहुँच जाती है।

तारा को पता तो होगा, उनके कानों की तेज़ी के बारे में, रामू ने बतलाया होगा, आज्ञाकारी मातहत जो ठहरा। फिर भी बोली-ठोली मार ही देती थी। न, वैसे नहीं...ख़ामख़्वाह झूठ बोलने की आदत नहीं है उनकी...अब हँसना-बोलना तो बन्द कर नहीं सकती जवान लड़की। वह तो तब भी अपने कमरे के भीतर मज़े लेती थी, राजू की बहू, प्रीति, तो ठीक मुँह पर दो टूक बोल मारा करती थी।

"सारा कसूर आपका है, माताजी। पायदान बनेंगी तो पायदान बनाएगा आदमी। साफ़-साफ़ कह क्यों नहीं देतीं, इतनी कंजूसी करनी है तो ख़ुद चलाओ गृहस्थी !"

"ख़ुद ही तो चला रहे हैं," उन्होंने हँसकर कहा था। प्रीति की बातें थीं जो उन्हें हँसाकर छोड़ती थीं वरना हँसी-ठिठोली वे कब की भूल चुकी थीं।

एक बार तो उसने हद कर दी थी। सुझाव रखा था कि वे बाऊजी से कहें, उनके नाम कुछ रुपया बैंक में जमा कर दें। वे इतना खुलकर हँसी थीं कि प्रीति नाराज़ हो गयी थी। "हँसने की बात नहीं है," उसने कहा था, "दुःख-तकलीफ में पैसा काम आता है।"

"मकान तक में तो मेरा हिस्सा रखा नहीं है और तुम कहती हो..." गम्भीर होकर उन्होंने कहा था।

"ग़लत बात है। क़ानूनन तीन हिस्से होने चाहिए।" प्रीति वकील की लड़की थी और क़ानून की कायल। धीरे-धीरे तारा ने उसे काफ़ी ऊँच-नीच समझा दी थी। उसने बराबर के तीन हिस्सों की बात करनी बन्द कर दी थी। पर उनके जीते-जी उनकी सुरक्षा के लिए मकान में अस्थायी हक की माँग करती रही थी। उसके बार-बार कहने पर बाऊजी ने वसीयत में उनके लिए कुछ इन्तज़ाम कर दिया था, जिससे जीते-जी लड़के उन्हें मकान से नहीं निकाल सकते थे, भले वे अपनी इच्छा से उन्हें या उनके बच्चों को बेदखल नहीं कर सकती थीं। उस दिन प्रीति ने ख़ुश होकर अपनी विजय का ऐलान किया था। घर-भर ने सुना था और राजू ने फटकार बतलाते हुए कहा था, "अजीब ख़ब्ती हो तुम, हर बात में टाँग क्यों अड़ाती हो !"

बस, ज़रा-सी बात पर महाभारत छिड़ गया था। प्रीति ने वह खरी-खरी सुनायी थी कि राजू बेचारा माफ़ी माँगता नज़र आया था। आवाज़ उसकी इतनी खनकदार थी कि हेमवती क्या सबने सुना था। किसी को कान चौकन्ने नहीं करने पड़े थे। दस इधर-उधर की सुनाने के बीच, वह कह उठी थी, "ख़ुद एयरकण्डीशनर चलाकर सोते हैं, माँ के लिए एक अदद गुलमर्ग कूलर भी नहीं लगवा सकते !"

इस बात पर तारा अपने कमरे से बाहर निकल आयी थी और मधुर कण्ठ से बोली थी, "ज़रूर लगवाना चाहिए। राजू, तुम आज ही इन्तज़ाम कर देना।"

माफ़ी माँगता राजू सकपकाकर अगली सुबह कूलर ले आया था और बिना उनसे पूछ-ताछे उनके कमरे में रख गया था। शाम को बाऊजी आये तो...

उनका मन ग्लानि से भर आया था। छोड़ो भी, क्या याद करना। आज की सोचो। उन्होंने अपनी चरेरी हथेलियाँ साड़ी के रेशम पर रगड़ीं...तारा ज़ोर करके बढ़िया रेशम की सफ़ेद साड़ी पहनवा गयी थी। नयी लायी थी ख़रीदकर। कहा था, इतने लोग आएँगे, साड़ी ढंग की होनी ही चाहिए, माताजी कुछ भी कहें। पता नहीं अपनी आवाज़ इतनी रेशमी कैसे बनाये रखती है यह लड़की। उन्हें याद है सास से बात करते हुए वे ख़ुद कैसे चुपा जाती थीं। या आवाज़ ऊँची फेंककर ऐसे गरियाने लगती थीं जैसे आसपास सब बहरे हों। फिर जब सास उनसे भी ऊँचा चीखतीं तो घबराकर दोबारा चुप्पी साध लेती थीं। पर यह लड़की...ख़ूब आत्मविश्वासी है, तभी न...

वे मना करने को हुई थीं पर सुनीता बीबी बीच में आ गयी थीं, "पहनो-पहनो, पहननी चाहिए। बहू सयानी है। चिथड़े लपेटकर बैठोगी तो नाते-रिश्तेदार क्या कहेंगे ? भइया इतना बढ़िया मकान बनवा गये, और कुछ नहीं तो उसी का मान रखो। और अब बेटों का दिया नहीं पहनोगी तो किसका पहनोगी ?" उन्होंने कहा था।

तब तक मुलायम रेशम की झक सफ़ेद साड़ी तारा उनकी गोद में डाल चुकी थी। नरम मक्खन-सा स्पर्श। कभी पहना नहीं न इतना कोमल बढ़िया रेशम। बाँहों पर छुअन हुई तो बदन कँपकँपा गया। हथेलियों की तरह नहीं हैं न बाँहें। टाट समान। हथेलियाँ इतनी खरखरी न होतीं तो..."तुम भी रगड़ लिया करो क्रीम" बाऊजी का फिकरा याद आ गया, "बुड्ढी घोड़ी लाल लगाम !"

रेशम के भीतर वे सिकुड़ आयीं। न, ऐसे नहीं चलेगा। बीते दिनों से हटाकर दिमाग़ को आज पर केन्द्रित करना होगा। उन्होंने कमरे का जायज़ा लिया। फ़र्श पर बिछी दरी पर अटाटूट औरतों की भीड़। रामू-राजू के परिचितों की बीवियाँ ज़्यादा, उनकी जानकार कम। सुबह का वक़्त। मई का तपता महीना फिर भी गरमी नहीं। इतने ठसाठस भरे शरीर पर पसीना-चिपचिपाहट नहीं। रेशम का स्पर्श सुखद, ठण्डा-ठण्डा। परसों ही लाकर बड़ा कूलर फिट करवा दिया था बैठक में रामू ने। राजू जो लाया था, वह तो छोटा था, ट्रॉली पर रखा हुआ। उनके कमरे में बस एक दिन रहा। शाम को बाऊजी दुकान से लौटकर आये तो...हो-हो कर हँसते रहे थे देर तक। "वाह, अब तुम कूलर चलाकर सोया करोगी। वाह भई वाह, क्या कहने। हो-हो, कूलर बिना नहीं सरता अब तुम्हें, हो-हो !"

भौंके-गाँजे नहीं थे, बस हँसते रहे थे। भौंकना-गाँजना बर्दाश्त था उन्हें, सुनकर अनसुना किये रहती थीं। पर हँसी, कभी-कभी की, लगा था दनादन थप्पड़ रसीद किये जा रहे हैं गालों पर।

"राजू ले आया," कष्टपूर्वक उन्होंने कहा था।

"वह क्या लाएगा, ज़ोरू का गुलाम ! कहा होगा वकील की बेटी ने।" अपना चिरपरिचित वाक्य बोलते हुए भी वे तैश में नहीं आये थे। आदतन कह भर दिया था और वापस हो-हो हँसने में लीन हो गये थे।

तड़पकर वे उठी थीं और भागकर चौके में शरण ली थी। चूल्हे की गरमी से कुछ राहत मिली थी। खाना बन चुका था, फिर भी एक सब्ज़ी और छौंक ली थी। बहुओं ने कुछ नहीं कहा था। सभी ने बाऊजी की हँसी सुनी होगी। सुनकर बिसार भी देते, अगर वे खाने की मेज़ पर दोबारा शुरू न हो जाते।

"क्यों भई राजू, तुम्हारी माँ अब कूलर लगाकर सोया करेंगी। हो-हो, इस उमर में। वाह भई राजू, हो-हो।"

राजू ने जवाब नहीं दिया था। देता भी क्या, सुबह का फिकरा ही भारी पड़ा था। कुछ कहने पर फिर माफ़ी माँगने का संजोग बन सकता था। प्रीति के साथ यही मुश्किल थी। बात कहती तो ऐसी न्यायवाली कि काटे न कटे और माने न बने। जवाब उसी ने दिया था, प्रीति ने। पर वह भी बाऊजी की अनपेक्षित हँसी से कमज़ोर पड़ गयी थी।

"गरमी तो सभी को लगती है।" उसने कहा था।

"हाँ-हाँ, क्यों नहीं ? ऐसा करो, अपनी सास को लाली-पाउडर लगाना भी सिखा दो। कूलर लगा है तो मेकअप भी होना चाहिए। पसीना आने पर वह नहीं जाएगा।"

इस बार प्रीति तैश में आ गयी थी, "तो क्या हुआ ?" उसने कहा था, "अमरीका में सत्तर-सत्तर बरस की औरतें सज-धजकर रहती हैं। यहाँ..."

बाऊजी और ठठाकर हँसे थे। "तो अमरीका चले जाओ तुम लोग। इन्हें भी साथ लेते जाओ। सजा-धजाकर दूसरी शादी कर देना। कोई मोटी अक्लवाला फँस ही जाएगा।"

सब भौचक रह गये थे। प्रीति क़ानून भूल गयी थी। खाना बीच में छोड़ उठ गयी थी। जाकर उनके कमरे से कूलर बाहर निकाल लायी थी। कुछ ज़्यादा ही हतप्रभ हो गयी थी प्रीति। बात-बात पर उत्तेजित होनेवालों के साथ यही दिक़्क़त है। उनकी बर्दाश्त की हद बहुत जल्दी आ जाती है।

स्वयं उन्हें बाऊजी की यह बात उतनी बेजा नहीं लगी थी जितनी उनकी बेमुरव्वत हँसी। बच्चों ने सोचा होगा, माँ अपने सुहाग की चिन्ता में फक पड़ गयी हैं। बेचारे ! पहली पीढ़ी के बारे में कैसे-कैसे भ्रम पाले रहते हैं।

फिर किसी ने उनके कमरे में कूलर नहीं रखा था। कोल्ड क्रीम की एक बोतल तारा से कहकर मँगवायी थी, उसे भी प्रीति उठा ले गयी। हथेलियों पर लगा लेतीं तो रेशम...

इस बार उन्होंने साड़ी के रेशम को छुआ नहीं, सिर्फ़ आँखों से महसूस किया। एक और साड़ी लाकर रखी है तारा ने। वे जानती हैं। सफ़ेद ठहरी। रोज़-रोज़ वही एक पहनकर तो बैठा नहीं जा सकता। धुलनी भी तो होगी। अभी दो दिन ही बीते हैं, दस दिन यूँ ही...शायद प्रीति भी लाये सफ़ेद साड़ी अमरीका से। संजोग देखो, बाऊजी ने हँसी-हँसी में कहा और राजू और प्रीति सचमुच कुछ दिन बाद अमरीका जा बसे। छह बरस के ऊपर हो गये होंगे। दो लड़कियाँ जो हो लीं। दूसरी के वक़्त उन्हें बुलवा भेजा था राजू ने। हवाई जहाज़ का टिकट साथ था। बाऊजी ने जाने नहीं दिया था। कहा था, "मरना अपने देश में चाहिए। वहाँ मरीं तो ढंग की किरिया भी नसीब नहीं होगी।"

अभी पहुँचे नहीं वे लोग। ख़बर तो रामू ने परसों ही कर दी थी। कहा था, "आएँगे ज़रूर।" आज पहुँचेंगे। बच्चियों को वे पहली बार देखेंगी। भगवान् की माया, ददिहाल पहली बार आएँगी...और ऐसे मनहूस मौक़े पर !

लम्बी साँस भरकर उन्होंने सिर ऊपर उठाया और नज़रें कमरे पर घुमायीं। देखा, उनके सिवाय दरी पर बैठी सभी औरतों ने मुँह नीचे लटका रखे थे। कुछ ने रूमाल

से आड़ की हुई थी, कुछ कनखियों से दूसरी औरतों को परख रही थीं। ज़िद करके उन्होंने अपना सिर इधर-उधर घुमाकर उन नीचे झुके चेहरों को टटोला। एक प्रतीक्षारत ऊव के सिवा कहीं कुछ नहीं था। एक भी चेहरा ऐसा नहीं मिला जो गमगीन हो या जिस पर हमदर्दी के चिह्न हों। शायद उनकी नज़रों से बचे रहने के लिए ही मुँह नीचे लटका रखे थे। उनके देखते-देखते कई औरतों ने पैंतरे बदले। भारी बदनवाली औरतें ज़्यादा कसमसा रही थीं। ज़मीन पर देर तक बैठे रहने में बेआरामी महसूस हो रही होगी। उन्हें लगा, वे सब स्टेशन के प्लेटफ़ॉर्म पर बैठी देरी से आनेवाली गाड़ी का इन्तज़ार कर रही हैं। सीटी सुनाई देते ही झटपट उठकर एक तरफ़ दौड़ पड़ेंगी। बेचारी ! उनकी वेहाल सूरतों पर उन्हें हँसी आने को हुई। काश, वे उन्हें छुटकारा दिला सकतीं।

सहसा एक नये अहसास ने उन्हें घेर लिया। वे न हँसीं, न लम्बी साँस भरीं। अपनी सफ़ेद रेशमी साड़ी अच्छी तरह सँभालकर उठीं और सीधी खड़ी हो गयीं। "चलिए, उठ जाइए सब लोग !" सधे स्वर में उन्होंने कहा, "शोक ख़त्म करो। दरी का कोना मोड़ दो। और चाय बना लाओ, सबके लिए। एक बार उठकर बैठ जाइए आप।"

सब औरतें भौचक उठ खड़ी हुईं। तारा फटी-फटी आँखों से उन्हें देखती रही। फिर उनकी साड़ी का सिरा खींचकर फुसफुसायी, "क्या कर रही हैं...चाय ?"

"पगला गयी है !" सुनीता बीबी ने हुंकार भरी तो वे और तन गयीं। कमर से सीधा खींचकर क़द ऊँचा किया और दृढ़ स्वर में बोलीं, "मैं कह रही हूँ न, उठावनी हो ली, सोग ख़तम। आप लोग चाय पीकर जाओगे तो मुझे अच्छा लगेगा। खड़ी क्यों हो, तारा। जाओ, चाय बना लाओ।"

हेमवती ने अपने कानों से सुना, उनका स्वर रेशम-रेशम हो उठा है, बिलकुल तारा की तरह, आत्मविश्वास से भरा। वे धीमे से मुस्करायीं। कूलर की हवा में हल्की ठण्ड महसूस हो रही थी। उन्होंने साड़ी को बदन से कसकर लपेटा और वापस दरी पर बैठ गयीं। उनकी देखा-देखी बाक़ी सभी औरतें भी बैठ गयीं। अब उनके चेहरों पर ऊब नहीं थी। थोड़ी देर असमंजस में खड़ी रहकर तारा चाय बनाने चली गयी। वे खुलकर मुस्करा दीं।

संगत

आज मैंने फिर नौकरी से इनकार कर दिया। यह जानते हुए कि बनिया और उधार नहीं देगा। मान जाता तो एक मुश्त नौ सौ रुपये मिल जाते। महीना-भर भी काम करता तो...और कुछ नहीं तो बनिये का पुराना उधार उतर जाता। आगे मिलने की सुविधा हो जाती।

मैं वक़्त का गुलाम बनकर नहीं जी सकता। मुझे अपनी आज़ादी बहुत प्यारी है। मैं किसी के इशारों पर नहीं नाच सकता। जब मर्ज़ी होती है, काम करता हूँ, मर्ज़ी नहीं होती, नहीं करता। मैं कलाकार हूँ, कला का पाबन्द, किसी दूसरे के वक़्त का क़ैदी कैसे बनूँ ! वक़्त का अछोर रेगिस्तान मेरी कला के रास्ते में बिछा पड़ा है। जब, जहाँ उसके क़दम पड़ते हैं, हमेशा के लिए अपने निशान छोड़ जाते हैं।

क्या कह रहा हूँ मैं ? रेत पर बने निशान क्या हमेशा रहते हैं ! हवा का झोंका आया और सब मटियामेट ! मैं क्या जानता नहीं मेरे पास से हवा हमेशा आँधी की तरह गुज़रा करती है।

मेरे ये अहंकार-भरे जुमले...आप समझ गये होंगे, ये सिर्फ़ जुमले हैं जो मैं अपने से बोलता रहता हूँ, अपने अन्दर यह वहम पैदा करने के लिए कि मैं आज़ाद हूँ। हाँ, मैं जानता हूँ, यह वहम है। तो क्या हुआ ? ज़िन्दा रहने की ज़रूरत महसूस करना भी तो वहम ही है। मेहनत से पाला गया वहम कभी-कभी ज़िन्दगी की शर्त बन जाता है।

तो एक के बजाय पन्द्रह आदमियों की गुलामी करके मैं अपने इस वहम को पाल रहा हूँ कि मैं आज़ाद हूँ। बार-बार कहता हूँ मुझे मेरी आज़ादी बहुत प्यारी है। मैं किसी को अपना मालिक नहीं मान सकता, किसी के इशारों पर नहीं नाच सकता। जबकि मैं अच्छी तरह जानता हूँ कि किसी के इशारों पर नाचने के लिए ही मैं हूँ।

इतने सारे जुमले, ज़बरदस्ती पाले हुए वहम, सब इसलिए कि उसके लिए ख़ाली रह सकूँ। वक़्त-बेवक़्त वह बुलाये तो...

कहाँ, वह बुलाती भी तो नहीं। मैं ख़ुद ख़ाली रहकर ऐसे हालात पैदा करता रहता हूँ कि उससे कहूँ और वह बुलाने से इनकार न कर सके। कोई छोटी-मोटी ज़रूरत, अपनी या उसकी पैदा कर ही लेता हूँ, जिससे उसके पास जा सकूँ। वक़्त-बेवक़्त। यह वक़्त भी नौ और पाँच के बीच में होता है और बेवक़्त भी। शाम का वक़्त वक़्त नहीं, मरे हुए घण्टों का जनाजा है जो रात-भर शहर की तंग गलियों में घूमकर सुबह नौ बजे दफ़्न होता है। तब जब यह सम्भावना शुरू होती है कि शायद उससे मिलना हो सके। सुबह-शाम वह अपने परिवार के साथ व्यस्त होती है। बस, नौ और पाँच के बीच...

कह तो मैं ऐसे रहा हूँ जैसे यह सारा वक़्त वह मुझसे मिलने के लिए ख़ाली रखती है। या सारा न सही कुछ वक़्त तो रोज़ मेरे लिए रखती ही है। ऐसा होता तो...काश कि ऐसा होता। तब मैं पूरी तरह दुनिया से बेख़बर हो जाता और छोटे-छोटे स्वतन्त्र कहलाये जानेवाले काम करने भी बन्द कर देता और फिर...जो होना था हो जाता...शायद यह कि मेरा पूरा परिवार एक दिन भूख से बेज़ार होकर दम तोड़ देता। मैं भी।

पर ऐसा नहीं है। मेरा परिवार जी रहा है—मर-मरकर और मैं चन्द लम्हा जी लेने के लिए वक़्त के रेगिस्तान में औंधा पड़ा इन्तज़ार कर रहा हूँ।

कोई दिन ऐसा आता है, हफ़्ते में दो-एक बार, जब वह अपने रोज़मर्रा के कामों से छुटकारा पाकर कह देती है...चले आओ। और मैं एक बार फिर अपना यह फ़ैसला पुख़्ता कर लेता हूँ कि बँधी-बँधायी नौकरी करनी मेरे जैसे कलाकार के लिए मुमकिन नहीं है। मुझे अपनी आज़ादी कहीं ज़्यादा प्यारी है। आज़ादी ! जो अपाहिज की तरह उसके दो शब्दों—आ जाओ—की बैसाखी पर खड़ी है और जिसकी क़ीमत मेरा परिवार अदा कर रहा है। हमारे घर में हर आदमी आज़ाद है, यानी हर आदमी छोटे-मोटे काम की टोह में इधर-उधर घूमता है और किसी तरह अपनी गुज़र-बसर का इन्तज़ाम कर लेता है, इतना कि मरने की नौबत न आए और ज़िन्दा रहने की आज़ादी भी न छिने।

मैं उसके पास जाता हूँ और उसके पति की ग़ैरहाज़िरी में; यह सुनकर आप किसी ग़लतफ़हमी में मत पड़ जाइएगा।

हम दोनों चित्रकार हैं—वह और मैं। उसकी नज़र में मैं सिर्फ़ चित्रकार हूँ। मेरी नज़र में वह सब कुछ है—चित्रकार ! स्त्री ! और सौन्दर्य का वह रूप जो शिव है और सत्य भी !

वह कहती है मैं बहुत बड़ा कलाकार हूँ। महान् कलाकार ! इसीलिए मेरे चित्र बिकते नहीं। कला को पेशा नहीं बनाया जा सकता। समाज की कला पर कितनी बड़ी मेहरबानी है। कलाकार चाहे भी तो कला को नहीं बेच सकता। बेचने के लिए जो बनाएगा कला नहीं होगी। और कला...मगर छोड़ो। मैं फिर

इधर-उधर भटक गया। असली बात किसी से कहते कतराता हूँ। अपने से हर वक़्त कहता हूँ...आज आपसे कहूँ...चित्रकार क्या इन्सान नहीं होता ? क्या उसके हाथ सिर्फ़ कूँची पकड़ने के लिए उठ सकते हैं ? किसी का हाथ...किसी स्त्री का हाथ...पर उसके हाथ में भी कूँची है। और उसकी कूँची मेरी कूँची से टकराती रहती है।

वह मुझे बुलाती है तो अपना कोई चित्र दिखलाने के लिए। या फिर मेरे बहुत इसरार पर मेरा चित्र देखने चली आती है। देखकर कहती है, "आपके चित्रों पर भला मैं क्या राय दे सकती हूँ ! आप इतने बड़े चित्रकार हैं, मैं तो बस मुग्ध रह जाती हूँ या फिर कभी-कभी थोड़ी-सी ईर्ष्या होती है...काश, मैं भी ऐसे चित्र बना सकती !"

मैं कहना चाहता हूँ...तुम मुझसे पूछो, आपने आज तक मेरा चित्र क्यों नहीं बनाया ? क्या तुम इतना भी नहीं जानतीं कि मेरी कला तब तक अधूरी रहेगी, जब तक मैं तुम्हारा चित्र न बना लूँगा ? मेरी हर तस्वीर तुम्हारी तस्वीर बनाने की कोशिश है। हाँ, यह चित्र भी...यह कारखाने की चिमनियों से निकलते धुएँ में घुटे बच्चों का चित्र। यह साँप के मुँह में फँसी गौरैया का चित्र। याद है, देखकर तुमने कहा था, पर साँप के मुँह में तो मेढक होता है, कहकर मेरी तरफ़ देखा था और हँस पड़ी थीं। कभी-कभी ऐसा भी होता है, मेरी गौरैया, कि मेढक के पंख निकल आते हैं। वह अपनी गढ़ी छोड़कर बाहर आ जाता है और अपने को उड़नेवाला पंछी समझ बैठता है। छोटी-छोटी छलाँगें लगाने के बजाय आसमान में उड़ान भरने की कोशिश करने लगता है और इसी कोशिश में...साँप बड़ी आसानी से उसे मुँह में दबा लेता है। पर इससे उसकी कोशिश का महत्त्व कम नहीं होता। साँप के मुँह में मेढक नहीं, गौरैया ही है। यह मेरा चित्र है और तुम्हारा भी।

और यह लाल आँधी के बीच खड़ा वीरान पीपल का पेड़, जिस पर सिर्फ़ एक सूखा पत्ता खड़खड़ा रहा है। तुम्हें याद है, तुमने कहा था, पीपल का पेड़ इतना खुरदरा होता है, पर उसके पत्ते कितने कोमल ! यह सूखा पत्ता उन्हीं कोमल हरे पत्तों की आख़िरी मंज़िल है। जो सूखे पत्ते की हताशा को महसूस नहीं कर सकता, वह हरे पत्तों की जिजीविषा को गहराई से कैसे अनुभव करेगा ?

मैं जीवन के हर बदसूरत अनुभव को अपनी कूँची पर झेलकर उस बिन्दु पर पहुँचना चाहता हूँ, जहाँ तुम्हारे सौन्दर्य को कैनवेस पर उतार सकूँ।

मैं तुम्हारे जिस्म की सुन्दरता की बात नहीं कर रहा। मैं जानता हूँ, तुम बहुत सुन्दर स्त्री नहीं हो। स्त्री की तरह तुम्हारा चित्र बनाना चाहता तो बहुत पहले बना सकता था। तुम्हें केवल स्त्री की तरह देखा होता तो...हाड़-मांस का शरीर, चेहरे के नक़्श काग़ज़ पर उतार डालने क्या मुश्किल हैं। मैं तो उस सौन्दर्य

की बात कर रहा हूँ जिसके लिए 'तुम्हारा' शब्द का प्रयोग ही ग़लत है। दरअसल वह सौन्दर्य मेरा है, मेरे अनुभवों से उपजा। संस्कृति के वर्षों लम्बे अनुभवों में से सौन्दर्य की उत्पत्ति होती है और उसमें हर तरह का अनुभव शामिल रहता है। बस, हर व्यक्ति के लिए उसका रूप अलग-अलग होता है। मेरे लिए उस अमूर्त का रूप तुम हो।

और तुमने तो पुरुष समझकर कभी मेरी तरफ़ आँख उठाकर देखा ही नहीं। उसे छोड़ो। क्या इन्सान समझकर भी नहीं देखा ? एक दिन भी तुमने यह नहीं सोचा कि यह जो मैं हर समय, किसी भी समय तुम्हारे पास चले आने के लिए तैयार बैठा रहता हूँ तो मेरी और मेरे परिवार की रोज़ी-रोटी कैसे चलती होगी ! क्या हुआ ? नहीं कहना चाहिए था ? सौन्दर्य का भ्रम टूट गया ? नहीं, सौन्दर्य-बोध इतना अल्पजीवी नहीं होता। वह तो शिव है और सत्य भी ! ये छोटी-छोटी बातें...ज़िन्दा रहने की ज़रूरतें, मामूली और ग़ैरमामूली, दोनों तरह के लोगों की, इनसे सौन्दर्य की अनुभूति कम नहीं होती। बल्कि इनके न मिलने पर जो अनुभव होता है, भूख का और मिल जाने पर जो अनुभूति होती है, और भी तीखी भूख की, मन के भीतर दबी इच्छाएँ ज्वालामुखी की तरह फूट जो पड़ती हैं, इसी भूख में से सौन्दर्य की उत्पत्ति होती है। और मेरे लिए उसका साकार रूप तुम हो। जिस दिन तुम्हारा चित्र बना लूँगा...

पर तुमने तो आज तक पूछा नहीं—मेरा चित्र आपने क्यों नहीं बनाया ? तुमने कभी कुछ नहीं पूछा—मेरी भूख के बारे में। तुम्हारे हिसाब से मैं पुरुष ही नहीं हूँ और न मुझे भूख लगती है।

कैसी विडम्बना है ! जब तक तुम मुझे पुरुष नहीं समझोगी, मैं वह चित्र नहीं बना पाऊँगा, जिसे बनाने के लिए मैं इतने बदसूरत और नकारात्मक अनुभवों को कैनवस पर उतारता घूमता हूँ। वह एक चित्र...कैसे बनेगा...वह एक अनुभव तो मुझे कभी हुआ नहीं।

प्रेम की बात मैं नहीं करता, पर एक स्त्री जो मेरे लिए अमूर्त सौन्दर्य का रूप है, मूर्त होकर मेरे पास आए, मुझे पुरुष समझे और... ज़्यादा मैं कुछ नहीं चाहता। बस, एक बार तुम्हारी गोदी में सिर रख दूँ और देर तक...

पर मैं जानता हूँ तुम्हारी उँगलियाँ मेरे बालों से नहीं खेलेंगी, तुम्हारे शरीर में स्पन्दन नहीं होगा, तुम्हारे दिल की धड़कन घड़ी की सुई की तरह बिना गति बदले चलती रहेगी और मैं...तुम्हारे चित्रों की रेखाएँ आँकने लगूँगा।

वे रेखाएँ जिनमें इतना गहरा इन्तज़ार है कि वह तुम्हें ज़्यादा रेखाएँ भी खींचने नहीं देता। रंग तुम इस्तेमाल करतीं नहीं। कैसे करोगी ? शून्य का रंग होता जो नहीं। बस, पेन्सिल से खिंची कुछ रेखाएँ। काली—सब रंगों को नकारती हुई।

एक गोलाई लेती रेखा और क्षितिज खिंच गया। छोटी-छोटी आड़ी-तिरछी कुछ रेखाएँ—टप-टप बरसता पानी। मूसलाधार कभी नहीं। आँसुओं की तरह—रोकते-रोकते न रुके हुए। दो-चार रेखाएँ और। सब नहीं समझ सकते, पर मैं फ़ौरन पहचान लेता हूँ। यह तुम हो...सिर क्षितिज की तरफ़ उठाये...एक मायूस इन्तज़ार। यह जानते हुए कि कोई आनेवाला नहीं है, तुम कैसे इन्तज़ार कर लेती हो ? कभी बारिश में सिसकता इन्तज़ार, कभी धूप में पिघलता, कभी तूफ़ान में भटकता, कभी बर्फ़ में ठिठुरता। रेखाएँ, बस रेखाएँ।

हठ करके अपना सिर मैंने तुम्हारी गोदी में रख दिया और...तुम रेखाओं में तब्दील होने लगीं। तुम्हारा इन्तज़ार मेरा बन गया। यह कैसा भयानक मज़ाक़ है मेरे साथ ! तुम्हारा सौन्दर्य मैं उन रेखाओं में देख रहा हूँ, जिनमें किसी और का इन्तज़ार है। तुम्हारे साथ मैं भी इन्तज़ार कर रहा हूँ।

एक दिन ऐसा भी आया था जब मुझे लगा था तुम्हारा इन्तज़ार ख़त्म हो गया। तुमने अपना वह चित्र मुझे दिखलाया था...याद है ? एक तरफ़ बर्फ़ का ग्लेशियर, दूसरी तरफ़ घास का सपाट मैदान। बीच में बर्फ़ का पुल—टूटा हुआ। आर-पार, ऊबड़-खाबड़ एक मोटी दरार। दरार के साथ ही ढिलककर नीचे खिसकता पुल। ग्लेशियर दूर दीखे चाहे पास, अब मैदान से होकर किसी भी तरह उस तक पहुँचा नहीं जा सकता। मैंने ख़ूब ध्यान देकर चित्र को देखा और फिर आँख उठाकर तुम्हारी तरफ़ ताका भर कि...क्या हुआ...तुम फूट-फूटकर रो दीं। मैं भौचक तुम्हें देखता रह गया। इससे पहले कभी तुम्हें रोते नहीं देखा था। तुम रोती रहीं और धीरे-धीरे मेरे भीतर रंग खिलने लगे। मेरा चित्र आकार लेने लगा। मुझे लगा सब कुछ बहा चला जा रहा है। इस पानी के दबाव से दरार खाई बन चुकी होगी—जिसके आर-पार जाना...नहीं, अब कभी मुमकिन नहीं होगा। सच तुम्हारी पकड़ में आ गया है और तुमने जान-बूझकर अपने इन्तज़ार का गला घोंट दिया है।

पर...आँसुओं का सैलाब आया और चन्द तिनके बटोरकर निकल गया। इमारतों की नींव नहीं हिली।

बहुत जल्दी तुम सँभल गयीं। अपना अगला चित्र खींचने में मशगूल हो गयीं। और मेरे रंग...लावारिस से मेरे रंग...

मैं समझ गया तुम्हें अपना इन्तज़ार उतना ही प्यारा है, जितनी मुझे मेरी आज़ादी। शायद उससे भी ज़्यादा। तुम्हारे वहम की जड़ें मेरे वहम से भी गहरी हैं, वही तुम्हारी ताक़त है जिसके बल पर तुम जी रही हो। शायद तुम मुझसे भी अच्छी तरह जानती हो कि यह सच नहीं, वहम है, मेहनत से पाला हुआ, सच से कहीं ज़्यादा वफादार।

बहुत कुछ मेरी समझ में आने लगा है और उसके साथ-साथ...आख़िर जीना

मुझे भी है न...एक और वहम मेरे भीतर पनपने लगा है...एक-न-एक दिन तुम्हारा इन्तज़ार ख़त्म ज़रूर होगा। कब, कैसे, मैं नहीं जानता। जानने की कोशिश भी नहीं करना चाहता। बस, यक़ीन करता हूँ कि एक दिन ऐसा होगा ज़रूर।

तब उस दिन...देखो, मेरे चित्रों में कितने रंग हैं! जिस दिन तुम्हारा इन्तज़ार ख़त्म हो, अपनी रेखाओं में थोड़ा-सा रंग भर देना।

चित्र दिखलाने तुम मुझे बुलाओगी ही। मैं समझ जाऊँगा। एक बार फिर अपना सिर तुम्हारी गोदी में रख दूँगा। तुम्हारा हाथ मेरे सिर पर आ टिकेगा, तुम्हारी अँगुलियाँ धीमे-धीमे मेरे बालों को सहलाएँगी। मेढक के पर निकल आएँगे। साँप के मुँह से गौरैया छूट उड़ेगी—एक उड़ान आसमान में और मैं... अपना वह चित्र बना लूँगा जिसे बनाये बिना मेरी कला-साधना अधूरी है।

उसके बाद...सुनकर लोग हँसें तो हँसें। जीवन कला से अलग नहीं होता या कहना चाहिए, कला जीवन से अलग नहीं होती। उसके बाद मैं नौकरी करने से इनकार नहीं करूँगा। अपने तमाम जुमले वापस बटोर लूँगा—कहो तो एक लिफ़ाफ़े में बन्द करके तुम्हें भेज दूँ—और अपनी 'प्यारी आज़ादी' को नौ से पाँच तक के बन्धन में बाँधकर सचमुच आज़ाद हो जाऊँगा।

विलोम

यह ठीक है कि मैं इस शहर में सोलह साल बाद आयी हूँ। सोलह साल बहुत होते हैं, यह भी जानती हूँ, पर शहर कहीं से, कुछ तो जाना-पहचाना लगना चाहिए। यह कोई छोटा-मोटा, आऊँ-झाऊँ शहर नहीं, बम्बई है, हिन्दुस्तान का अकेला महानगर, फिर एकदम भूल कैसे गयी इसे मैं ?

बॉम्बे सेण्ट्रल पर उतरी, वहाँ तक ठीक था। स्टेशन हर शहर के यकसाँ होते हैं। अलग करके याद रखने लायक़ कुछ नहीं होता। अजनबी शहर के अजनबी स्टेशन पर उतरी तो उसकी अजनबीयत तक महसूस नहीं हुई।

टैक्सी पकड़ी और वरली पहुँच गयी। मेरे एक परिचित रहते हैं वहाँ, उन्होंने मेरे लिए एक कमरे का इन्तज़ाम कर दिया था। सामान रखा, हाथ-मुँह धोया, चाय पी और काम से निकल पड़ी। काम क्या, बॉस ने कहा था, ख़्वाहमख़्वाह कान्फ्रेन्स करते हैं। हाथ कुछ लगता नहीं। चलो, इस बार तुम हो आओ, दफ़्तर के ख़र्चे पर घूमना हो जाएगा, तो मैं आ गयी थी बम्बई। अपनी कम्पनी की सभी बिक्री-शाखाओं की कान्फ्रेन्स थी नटराज होटल में। कम्पनी का नाम ? क्या करेंगे जानकर ? वैसे जानें तो भी हर्ज़ नहीं है। कुण्डालिया एण्ड कम्पनी। कोई फ़र्क़ पड़ा ? नहीं न, कम्पनियाँ सब एक जैसी होती हैं। रेल के किराये के अलावा अपने अफ़सरों को दूसरे शहर में घूमने के लिए टैक्सी का भाड़ा भी देती हैं। और होटल का ख़र्चा। पर मुझे उतने ठाट-बाट से ठहरकर क्या करना था। पैसे बचेंगे तो घर के लिए कुछ ज़रूरी सामान ख़रीद लूँगी। एक अलार्म घड़ी, एक बड़ा थर्मस, यही सब, और क्या। इसीलिए परिचित के घर ठहर गयी हूँ। रात गये, सोना-भर तो है। आते वक़्त 750 ग्राम मिठाई लेती आयी थी उनके लिए। ऐसा है कि एक किलो मिठाई लो तो महँगी पड़ती है और 500 ग्राम कम लगती है, पर एक किलो के डिब्बे में 750 ग्राम मिठाई रखवा लो तो कम दाम में शो बढ़िया बन जाती है। इस बार एकदम चौकस, चाक-चौबन्द दुनियावी बन, आयी हूँ बम्बई।

बॉस ने कहा था, तुम्हारा जाना-पहचाना शहर है, कोई दिक़्क़त नहीं होगी। ठीक कहा था। सोलह साल पहले मैं कम्पनी की बम्बई शाखा में ही काम करती

थी और पैडर रोड पर बने कम्पनी के मकान के एक कमरे में रहती थी। दो साल बाद दिल्ली तबादला हुआ था।

ठीक है, सोलह साल हो गये मुझे इस शहर में लौटे, पर शहर है आख़िर, बच्चे से जवान तो हो नहीं सकता कि पहचान में न आए। जवानी में बनी पहचान कहाँ भूलती है। बूढ़ा होने पर भी, पूरा चेहरा न सही, दो-एक नक़्श याददाश्त में उभर ही आते हैं और उनके सहारे व्यक्ति पहचाना जाता है। यही होता है न, भूले-बिसरे, पुराने परिचित से मिलने पर ! आदमी हो या शहर, जवान से बूढ़ा हो चला हो या...पर यह शहर ! कहीं से भी तो पहचान में नहीं आ रहा। अपार, अगम्य है इसका अपरिचय, इतना कि मन को कचोटता तक नहीं।

वरली से होटल नटराज गयी तो रास्ते में पैडर रोड पड़ी। टैक्सी से गयी थी न, कम्पनी किराया जो देगी। देखा, अब उसका नाम जी.बी. देशमुख रोड है। क्यों बदल दिया करते हैं हमारे सरमायेदार सड़कों के नाम ? जानते नहीं, सड़क से लोगों को यादें जुड़ी रहती हैं। क्या हक है सरकार को जनता से उसकी यादें छीनने का ! सड़क का नाम किस आदमी के नाम पर है, वह हिन्दुस्तानी था या अँग्रेज़, स्थानीय या विश्व-विख्यात, इससे राहगीरों को क्या मतलब ! उनकी यादें राह से जुड़ी होती हैं और राह की पहचान उसका नाम होता है। नाम उसका अपना होता है, सिर्फ़ उसका; किसी आदमजात का मोहताज नहीं। पैडर रोड पर मेरा घर हुआ करता था। जी.बी. देशमुख रोड मेरे लिए क्या मानी रख सकती है ? इसीलिए उस सड़क पर आकर मैंने कुछ महसूस नहीं किया, पर...ऐसा होता तो अपना घर देखकर मैं ज़रूर द्रवित होती। मेरा घर या मेरा कमरा जिस इमारत में था, उसका नाम था अजूमल मैन्शंस। दिल्ली से चलने से पहले नाम मुझे याद दिलवाया गया था। कम्पनी के स्थानीय बिक्री मैनेजर अब भी वहाँ रहते थे, उनसे मिलने की मुझे ज़रूरत पड़ सकती थी, इसीलिए मेरी टैक्सी अजूमल मैन्शंस के सामने से गुज़री। सड़क की दायीं तरफ़ बनी इमारत पर लगी तख़्ती मैंने पढ़ी—मैंने याद किया, हाँ, यहीं रहती थी मैं। याद आ गया मुझे, पर घर की कोई तस्वीर, किसी कोने की धुँधली-सी छाया भी मन में नहीं उभरी। तब मैं थोड़ा घबरा गयी। बॉम्बे सेण्ट्रल और वरली को न पहचान पाना इतना विस्मयकारी नहीं था, पर यह, मेरा अपना घर ! ठीक है मैंने तय किया, कान्फ्रेन्स ख़त्म होने पर मैं वरली वापस नहीं आऊँगी, कुछ देर गेटवे ऑफ़ इण्डिया पर जाकर बैठूँगी।

न जाने कितनी शामें मैंने इस सदर दरवाज़े के सामने बैठकर बितायी थीं। घण्टों बैठी रहा करती थी वहाँ। तब तक, जब तक मुँह फाड़कर समुद्र सूरज को निगल न जाता, आसमान के साथ ख़ुद स्याह न पड़ जाता, समुद्र की सतह पर खड़ा हर जहाज़ अँधेरे में ग़र्क न हो जाता। सदर दरवाज़े के पीछे फैला समुद्र सिर्फ़ समुद्र नहीं, एक रास्ता था, जो उसके देश को जाता था। बन्दरगाह में खड़े किसी

एक जहाज़ पर दृष्टि जमाकर मैं आँखें मूँद लेती थी और...

कुछ नहीं करना पड़ता था मुझे। बस, अपने को मुक्त कर देना होता था। और मैं जहाज़ के भीतर पहुँच जाती थी। फिर हिचकोले लेता जहाज़ मुझे ले चलता था उसके पास...उसके देश।

उसका हाथ मेरे हाथ में आ जाता और तृप्त आनन्द से भरपूर मैं घण्टों बैठी रहा करती थी, उस वासनाहीन स्पर्श को महसूस करती।

मैं गेटवे ऑफ़ इण्डिया पहुँच गयी। मैंने देखा, एक भव्य सदर दरवाज़ा, नाम गेटवे ऑफ़ इण्डिया। उसके सामने देखी एक आलीशान इमारत, नाम ताजमहल होटल। नज़रें घुमायीं और देखा, दूर तक फैला विशाल समुद्र। उसकी सतह पर जहाँ-तहाँ दूर और पास खड़े दस-बारह दीर्घकाय जहाज़। अति सुन्दर। भव्य। बिलकुल अजनबी यात्री की तरह परखा मैंने। समुद्री हवा की ठण्डक ने बदन का पसीना सोख लिया। मुझे आराम मिला। बिना कोई आत्मीयता अनुभव किये प्रकृति के उपहार को सराहा मैंने। फिर...सदर दरवाज़े के सामने मुँडेर पर बैठकर समुद्र का ग्रास बनते काँपते-कँपकँपाते सूरज का अवसान भी देख लिया। देखा, परखा, सराहा, बस। महसूस कुछ नहीं किया।

ऐसा क्यों हुआ ? यहीं बैठकर तो उसने मुझसे कहा था, "तुम्हारे-मेरे बीच बस इस समुद्र जितना फ़ासला है।"

तभी तो उसके चले जाने के बाद, कितनी-कितनी शामों को मैं यहाँ बैठकर उसके देश तक हो आया करती थी।

यह सब मुझे याद है। फिर यह शहर मुझे याद क्यों नहीं ?

शायद मैं ग़लत जगह आ गयी थी। गेटवे ऑफ़ इण्डिया मेरे सन्ताप का साक्षी रहा था, इसलिए मेरा अवचेतन उसे भूल गया होगा।

पर पैडर रोड का मेरा घर ? वह भी तो। उसके चले जाने के बाद, उस घर के अन्दर, कम मायूस शामें बितायी थीं मैंने ?

उन दिनों मैं बम्बई शहर की तरफ़ देखती कहाँ थी ? हर ज़र्रे में मुझे वह दिखलाई देता था, तभी तो...

मैंने आँखें बन्द कर लीं। शरीर को ढीला छोड़ दिया और इन्तज़ार करने लगी कि उन दिनों की तरह, उसका चेहरा उभरकर सामने साकार हो जाए। इन्तज़ार में भरी उम्मीद की गन्ध से ही रोम-रोम लहक उठा तो वाक़ई चेहरा सामने आने पर ! आह, अभूतपूर्व होगा वह क्षण। रोमांचक और तृप्तिदायक।

इसकी तुलना में बम्बई शहर को न पहचान पाना कितनी मामूली बात थी। जिस आदमी के लिए मुझे शहर दीखना बन्द हो गया था, आज इतनी कोशिश के बाद उसका चेहरा तक मुझे याद नहीं आया।

ऐसा नहीं हो सकता। कभी नहीं हो सकता। मैं उसे भूल नहीं सकती। भूली

नहीं...फिर याद क्यों नहीं कर पा रही। कैसा है यह बम्बई शहर कि मेरे जीवन का आधार, मेरा स्मृति-भण्डार ही छीने ले रहा है मुझसे। कहीं पागल तो नहीं हो रही मैं ? पागलपन के ही लक्षण हैं ये, वरना अपनी सबसे प्रिय, सबसे उत्कट स्मृति किसी से कैसे छिन सकती है !

नहीं-नहीं, सँभालना होगा ख़ुद को। थामना होगा आवेग को। बुद्धि से काम लेना होगा। तर्कशक्ति की कमी नहीं है मुझमें।

हाँ, मैं ग़लत जगह आ गयी हूँ। इतना सन्ताप भोगा था यहाँ कि मैं याद करना नहीं चाहती। अवचेतन पलायन कर रहा है। स्वतः मुझे भूलने पर मजबूर कर रहा है।

पर मैं भूलना नहीं चाहती। भूल गयी तो जीऊँगी कैसे ? निपट अकेले ? मुझे ऐसी जगह जाना होगा, जो उसके विछोह की नहीं, प्राप्ति की साक्षी रही हो। यह ठीक है। हाँ, यही ठीक है। बार-बार मैंने ख़ुद को यक़ीन दिलाया और पसीने से तरबतर बदन को खींच-खाँच, उस रात किसी तरह घर ले आयी।

अगले दिन, दोपहर को कान्फ्रेन्स मैंने बीच में छोड़ दी। चर्च गेट स्टेशन गयी और मलाड जानेवाली लोकल ट्रेन का टिकट ख़रीद लिया।

उस दोपहर, मुझे याद है, उसके बम्बई छोड़कर चले जाने के कुछ दिन पहले, हम दोनों इसी तरह धीमी लोकल ट्रेन में बैठकर मलाड तक गये थे। सारा रास्ता वह मुझे अपने बारे में बतलाता गया था। तभी मैंने उसे सम्पूर्ण पाया था। उसके बाद वह मुझे छोड़कर चला गया था।

कितनी बड़ी विडम्बना थी कि ठीक उन क्षणों में, जब वह अपने-आपको सम्पूर्ण मुझे दे रहा था, मैं उसे सबसे कम समझ पायी थी। सच तो यह है कि सम्पूर्ण रूप से उसने दिया ज़रूर, पर मैं ले न सकी। फिर भी, बाद में जब-जब उसे याद किया तो लगा, उस दिन लोकल ट्रेन में बम्बई के एक बड़े इलाक़े से गुज़रते हुए, मैंने उसे पाया, सो पाया, और नहीं।

वह बोल रहा था, केवल हृदय की गहराइयों से नहीं, दृढ़ संकल्प के साथ लक्ष्य की ओर बढ़ने के निर्णय में से, और मैं थी कि उसकी बातों में काव्यात्मक रस ले रही थी। उसकी बात मुझे रामराज्य की उस निर्दोष परिकल्पना की तरह लग रही थी, जिसमें राम ने धोबी के आरोप पर सीता को देश-निकाला नहीं दिया था; उसकी अग्नि-परीक्षा भी नहीं ली थी; कहीं कुछ ग़लत नहीं हुआ था और न हो सकता था। इतना सुन्दर सपना देखनेवाला आदमी परियों के देश के राजकुमार से भी ज़्यादा मनमोहक होगा, नहीं ? मुझे तो उसने सर्वांग मोह लिया था। इतना प्यार आ रहा था उस पर कि लग रहा था, उसके लिए कुछ भी कर सकती हूँ। पर किया क्या मैंने ? ठोस धरती का सम्बल छोड़, छोटा-मोटा सपना भी न देख सकी। मैंने प्यार किया, विश्वास नहीं।

जब उसने कहा, वह बिहार के दुमका ज़िले में किसी गाँव में रहकर काम

करना चाहता है तो अपने ही सपनों में खोयी मैं मुस्करा पड़ी थी। प्यार से चिहुँककर पूछा था, "क्यों ?"

"बँधुआ मज़दूरों के साथ रहकर उनकी समस्याओं को समझने के लिए, उन्हें उनका हक़ दिलाने में मदद करने के लिए।" उसने कहा तो मेरी मुस्कराहट ग़ायब हो गयी। सच कहूँ तो मैं आशंका में काँप उठी। याद रखिए, यह सोलह साल पहले की बात है। बँधुआ मज़दूरों की बात करनेवाले लोग उन दिनों नक्सलवादी कहलाते थे। और उनका नाम कहीं सुनने में आ जाने पर दुनियादार जन वहाँ से भाग खड़े होते थे या अपना माल-असबाब बचाने की फ़िक्र में लग जाते थे। जहाँ तक बँधुआ मज़दूरों का सवाल था, उनके बारे में मैंने तब तक सिर्फ़ अर्थशास्त्र की क़िताबों में पढ़ा था।

यह तो, आप समझिए, पिछले दस बरसों में हर किसी की ज़बान पर उनका नाम चढ़ गया है, तब से जब से बँधुआ मज़दूरी को ग़ैरक़ानूनी घोषित कर दिया गया है। अजीब मज़ाक़ है, सैंतीस साल पहले देश का संविधान बना तो बँधुआ मज़दूरी अवैध थी, पर अगले सत्ताईस साल तक जैसे किसी ने संविधान पढ़ा ही नहीं, ख़ुद केन्द्रीय सरकार ने भी नहीं। फिर अचानक अवैध को ख़ूब धूम-धाम के साथ दुबारा ग़ैरक़ानूनी घोषित किया गया। बँधुआ मज़दूरों पर जमकर उपन्यास-नाटक लिखे जाने लगे, फ़िल्में बनने लगीं; हर किसी को उसका अर्थ समझ में आ गया, पर उनके हालात में कोई फ़र्क़ नहीं आया, बल्कि बद से बदतर ही हुए, पर सोलह साल पहले मुझे यह सब कहाँ मालूम था।

उसकी बात सुनी तो सटाक मेरे मुँह से निकला, "क्या रे, तुम नक्सलवादी हो क्या ?"

"हूँ तो ?" इतनी देर बाद वह हल्के से मुस्कराया।

"हो ? सचमुच हो ?" मेरी आशंका आतंक से घिरने लगी।

"वादी-प्रतिवादी मैं नहीं जानता। तुम्हारे लिए इतना ही काफ़ी है कि मैं उन इन्सानों की मदद करना चाहता हूँ, जिन्हें हम लोग इन्सान का दर्ज़ा देने से इनकार करते आये हैं।"

"तुम ! तुम्हें हम लोगों से क्या ? बिहार क्या तुम्हारा देश है ?"

"हाँ।"

"कैसे ?"

"है, मेरा देश है। जैसे तुम मेरी हो।"

"मेरे कारण ?" हुलस उठी थी मैं, "मेरे कारण तुम मेरे देश को अपना बनाना चाहते हो ?"

तब उसने मेरा हाथ अपने हाथ के ऊपर से हटा दिया था। दूर होकर बैठने की जगह डिब्बे में नहीं थी, पर मुझे लगा था यथासम्भव वह परे सरक गया है।

फिर अपने और मेरे बीच दूरी बनाये रखकर, उसने गम्भीर स्वर में पूछा था, "तुम चलोगी मेरे साथ ?"

"तुम्हारे साथ मैं कहीं भी चलने को तैयार हूँ।"

वह एकदम चुप बना रहा। पास खिसककर मैंने अपना सिर उसके कन्धे पर रख दिया। उसने धीरे से हटा दिया। कहा फिर भी कुछ नहीं।

एक साल बाद किसी ने मुझे बतलाया कि उसके नाम के एक आदमी को हमारी सरकार ने बिहार के किसी इलाक़े से गिरफ़्तार किया है तो मैंने सोच लिया, कोई दूसरा आदमी होगा। फिर पाँच साल बाद अख़बार में पढ़ा कि उसके नाम के एक आदमी को रिहा कर दिया गया है, पर पुलिस के पहरे में देश छोड़कर जाने पर मजबूर किया गया है।

जब वह मुझे छोड़कर गया, तभी मैंने अपने को समझा लिया था कि उसके जाने का एक ही कारण हो सकता था, वह यह कि भरपूर चाहने के बावजूद, वह समुद्र भर के फ़ासले को पाटने की हिम्मत नहीं जुटा पाया था। मुझे जैसे ठीक-ठीक मालूम था कि मुझे छोड़कर वह अपने देश लौट गया है। बहुत दिन पहले, एक शाम, उसने मुझसे कहा जो था, "मेरे-तुम्हारे बीच फ़ासला ही कितना है, बस समुद्र-भर का।" उसके बाद बन्दरगाह से दूर होते जा रहे जहाज़ को दिखलाकर यह भी कहा था, "देख रही हो उस जहाज़ को, समुद्र को लाँघकर दूसरे तट पर पहुँचना कोई मुश्किल काम नहीं, इसलिए हमारे बीच का यह फ़ासला..." मेरा हाथ उसने अपनी मुट्ठी में भींच लिया था। बाद में समुद्र-तट पर हँसी-हँसी में कहे गये इन्हीं वाक्यों पर, मैं अपनी मुट्ठी कसे रही थी। उनके सहारे अनगिनत शामों को गेटवे ऑफ़ इण्डिया पर बैठे-बैठे उसके देश तक सफ़र कर आयी थी। एक क्षण को भी मैंने विश्वास नहीं किया था कि सचमुच वह बिहार में दुमका ज़िले के किसी गाँव में जाकर बस गया है, पर आज, सोलह साल बाद, बम्बई के सीने पर धीमी गति से रेंगती इस लोकल ट्रेन की खिड़की से बाहर देखते-देखते अविश्वास का धुँधलका छँट रहा है।

उस दिन उसने मुझसे कुछ नहीं कहा था, क्योंकि वह जानता था, समुद्री फ़ासला तय करना आसान है, मंज़िल का फ़ासला मिटाना नामुमकिन। मैं कुछ नहीं जानती थी पर जंगल में रहनेवाले जानवरों की तरह अपने बचाव की तदवीर ख़ूब अच्छी तरह जानती थी। सीखनी नहीं पड़ी थी। ऊपरी मंज़िलों पर रहनेवाले सभ्य लोगों के बच्चे, अभिमन्यु की तरह, कोख में ही सब कुछ सीख लेते हैं। फ़र्क़ सिर्फ़ इतना है कि अभिमन्यु ने चक्रव्यूह भेदने का तरीका सीखा था, उसमें से बाहर निकलने का नहीं और हम केवल निकलने की तरकीबें सीखते हैं, भीतर घुसने की नहीं। वर्गगत विरासत के रूप में हमारे माँ-बाप हमें ऐसी स्वार्थी उदासीनता दे जाते हैं, जो जीवन के हर मोड़ पर हमें चक्रव्यूह में घुसने से रोके

रखती है, अभिमन्यु के विलोम हैं हम सब।

अभिमन्यु की कथा मैं जानती थी, अभिमन्यु को नहीं। अभिमन्यु जैसे लोग शायद अब संसार में पैदा नहीं होते। होते हैं तो समाज उन्हें बहिष्कृत करके ही दम लेता है। जिसे मैंने अपने आस-पास कभी देखा नहीं, जाना नहीं, अचानक, अप्रत्याशित ढंग से मिल जाने पर उसे मैं कैसे पहचान सकती थी ? उसने कहा, वह दुमका के उस गुमनाम गाँव में जाकर बस रहेगा तो मुझे उसमें एक दिलफ़ेंक सपना भर दीखा, एक रोमानी कविता।

आज सब कुछ मेरी समझ में आता जा रहा है। आज सोलह बरस बाद, इस लोकल ट्रेन में अकेले इस अजनबी शहर में सफ़र करते, जब मेरे देखते-देखते शहर अपनी अजनबीयत खोने लगा है।

लोकल ट्रेन मैंने दोपहर को पकड़ी है। सुबह-शाम जितनी ठूसमठूस नहीं है डिब्बों में। बैठने की जगह मिल गयी है। खिड़की से बाहर की झोंपड़पट्टियाँ बराबर नज़र आ रही हैं। झुग्गी बस्ती, फिर स्टेशन, फिर झुग्गी बस्ती, फिर स्टेशन। ग़रीबी, गन्दगी, फटेहाली, फिर स्टेशन, भूख, तंगहाली, सड़ाँध, फिर स्टेशन। अब जाकर पहचान पा रही हूँ बम्बई शहर को। झोंपड़पट्टियों का गुणा और जोड़, बस इतना ही अस्तित्व है इस महानगर का। दुमका के उस गाँव जैसे छप्पर छजे अनेक खस्ताहाल गाँव आँखों के सामने से गुज़र गये तो मैं समझी, सोलह साल पहले, उस दोपहर मैंने उसके साथ कहीं भी चलने की हामी नहीं भरी थी; ऐलान किया था, कहीं भी उसके साथ न रह पाने का। दुमका का गाँव, बम्बई की बस्ती, लेशमात्र भी तो फ़र्क़ नहीं है दोनों में।

मेरी बात के मर्म को वह समझ गया था, एकदम सही-सही समझ गया था। मैं ही जानबूझकर नासमझ बनी रही थी।

अब मैं समझी, कल वरली से लेकर गेटवे ऑफ़ इण्डिया तक मैं बम्बई की किसी सड़क, किसी इमारत को पहचान क्यों नहीं पायी थी। मैं जानती थी, अपने भीतर गहरे में कहीं जानती थी, जो दिखलाई दे रहा है, वह सच नहीं है। दरअसल यह कांक्रीट की बीस-बीस मंज़िला इमारतें, झोंपड़पट्टियाँ हैं, जर्जर, खस्ताहाल झोंपड़पट्टियाँ। जो दीख रहा है, तिलिस्म है, माया। ये मायावी इमारतें उन्हीं झोंपड़पट्टियों की नींव पर खड़ी हैं और किसी भी क्षण भरभराकर धूल में मिल सकती हैं।

मलाड स्टेशन पर मैं उतरी और पैदल रास्ता तय करने लगी। एक-एक झोंपड़पट्टी मेरे लिए अलग अस्तित्व लिये खड़ी थी। उसे आत्मसात् करती मैं धीरे-धीरे आगे बढ़ रही थी कि सुबह सूरज के उगने की तरह, मेरे बराबर में उसका चेहरा साफ़ उभर आया। फिर पूरे क़द-बुत में उसकी आकृति। मेरे इतने क़रीब कि हाथ से छूकर देखने की ज़रूरत भी नहीं पड़ी। उसका कन्धा मेरे कन्धे से लगा हुआ था और तमाम विलोम भूल मैं दृढ़ता से आगे बढ़ रही थी।

शहर के नाम

यह मेरा आख़िरी ख़त है और मैं तय नहीं कर पा रही हूँ कि इसे किसके नाम लिखूँ। ऐसा पहले कभी नहीं हुआ। मुझे ख़त लिखने का शौक़ रहा है। दिमाग़ पर दस्तक हुई नहीं कि ख़त लिखने बैठ जाती। जिस किसी का ख़याल पहले ज़ेहन में उतर आता, उसी के नाम। माँ के, बप्पा के, तुरन्त बने दोस्तों के, बरसों से छूटी सहेलियों के, किसी के भी नाम। जवाब मिले न मिले, परवाह नहीं।

जवाब कम ही मिलता था। हर किसी को ख़त लिखने का शौक़ नहीं होता न। बाद में मिलना होता, हफ़्तों-महीनों बाद, तो लोग सकुचाकर कहते, माफ़ करना, सोचा बहुत पर तुम्हारे ख़त का जवाब नहीं दे पाये। क्या करें यह शहर ही ऐसा है, इतना मशरूफ़ रखता है कि वक़्त नहीं मिलता। मैं हँस पड़ती। लो, शहर को क्यों बदनाम कर रहे हो। जवाब न दिया, न सही। मुझे चाहिए भी नहीं। ख़त तो प्यार की तरह होता है, जवाब नहीं माँगता।

क्यों इतनी खिसियानी हँसी हँस देते हैं ये लोग ? प्यार और जवाब न चाहे, कौन-सी सदी की बात कर रही हो ? वे कहते नहीं ये हमेशा, पर कहा-अनकहा मुझ तक पहुँच जाता था। कौन से प्यार की बात कर रहे हैं ये लोग, मैं सोचती रह जाती थी। शायद औरत-आदमी के बीच के प्यार की बात। पर मेरा मतलब उससे नहीं होता था। मेरे लिए प्यार का मतलब था देना। ख़ुद को देना। नहीं-नहीं, जिस्म नहीं।

वे यही मतलब लगाते थे, मैं अब समझ गयी हूँ, पर यह ग़लत है। मैं क्या सिर्फ़ जिस्म हूँ ? जिस्म तो घर है मेरा। मैं उसके अन्दर रहती हूँ। हर घर की एक आत्मा होती है। मेरे घर की भी है। मैं उसी आत्मा को लोगों में बाँटना चाहती थी। घर ही उनके हवाले कर देती तो आत्मा कहाँ रहती ?

मैं लोगों से कहना चाहती थी, तुम अच्छे हो, मुझे अच्छे लगते हो। तुम्हारी जिज्ञासा, तुम्हारी दृष्टि, तुम्हारी त्वरा, तुम्हारी स्थिरता, तुम्हारी हँसी, तुम्हारी चुप्पी। कुछ भी। हर आदमी के पास कुछ ज़रूर होता है जो दूसरों को अच्छा लगता है। वही मैं उससे बाँट लेना चाहती थी। हर किसी में कुछ था जो मुझे पसन्द था।

तुम मुझे पसन्द हो मैं कहना चाहती थी, तुम, तुम, तुम भी।

किसी एक को जीवनसाथी बनाने का सवाल दूसरा था। बिलकुल अलग। क्या बतलाऊँ तुम्हें, मुझे बच्चे कितने प्यारे लगते थे। कोई मोटा, कोई गंजा, कोई मिचमिची आँखोंवाला तो कोई गला फाड़कर रोनेवाला। मैं अपने बच्चे भी चाहती थी। कम-से-कम चार। मुझे मतलब नहीं था परिवार नियोजन से। बच्चे पाने के लिए किसी एक को जीवन-साथी चुनना ज़रूरी था। तो चुन लेती। जल्दी नहीं थी। वक़्त बहुत था मेरे पास। हाँ, एक बात में फेरबदल करने को तैयार नहीं थी। बच्चे चाहिए थे कम-से-कम चार। ज़्यादा हों तो ठीक। बप्पा की तरह नहीं कि एक पैदा किया और कर दी छुट्टी। क्या कहते थे मेरे बप्पा, सरकार दो कहे तो हमें एक पैदा करना चाहिए। सरकारी अफ़सरों को मिसाल रखनी चाहिए औरों के सामने, कितने फ़ख़्र के साथ ख़ुद कहा था बप्पा ने मुझसे एक दिन।

हाय, मैंने सब कुछ लिख ही तो डाला था। सीधा बप्पा के नाम ख़त में। पढ़कर कितना नाराज़ हुए थे। उन पर छींटाकशी की, उससे उतना नहीं जितना इस बात से कि मैं ढेरों बच्चे चाहती थी।

चार-चार बच्चे। इस युग में। देश की दिन-पर-दिन बदतर हो रही हालत को नज़रअन्दाज़ करके। लानत है। इसीलिए पढ़ाया-लिखाया तुम्हें। इसीलिए अमरीका भेजा। (लो, अमरीका आने का मतलब यह कैसे हो गया कि आदमी बच्चे पैदा करना नहीं चाह सकता !)

उफ़, कितनी गुस्सैल पर मज़ेदार चिट्ठी लिख भेजी थी बप्पा ने जवाब में। ख़ूब हँसी थी पढ़कर मैं, ख़ूब हँसी थी। दोस्तों को भी पढ़कर सुनायी थी। पर वे लोग हँसे नहीं थे, बल्कि कुछ ज़्यादा ही संजीदा हो गये थे। बगलें झाँकते-से, जैसे लोग किसी की ग़रीबी की बात सुनकर हो जाया करते हैं। इतना गुस्सा आया था कि क्या बतलाऊँ। मन हुआ था सबको पकड़कर झकझोर दूँ।

तभी हैरी बोल पड़ा था। था जो बड़बोला। क़िताबें पढ़-पढ़कर। फ़लसफ़ा छाँटना सीख गया था। पर एक बात थी, उसकी बड़ी-बड़ी बातें सुनकर प्यार आ जाता था। मैं सोचती थी, काश, हैरी हवाई बातें करना भी न छोड़े। धरती से ज़रा-सा ऊपर उचककर चलता रहा तो एक दिन ज़रूर लीक से हटकर कुछ कर दिखलाएगा। हिन्दुस्तान के बारे में इतनी क़िताबें पढ़ रखी थीं उसने कि हर मुद्दे पर मुझसे ज़्यादा जानकारी हासिल कर ली थी। मुझे वह अच्छा लगता था, उसकी अन्तहीन जिज्ञासा और तेज़ी अच्छी लगती थी, इसलिए मैंने उसे नहीं बतलाया था कि जानकारी रखने और जानकार होने में बहुत फ़र्क़ है। सोचती थी, जब हिन्दुस्तान जाएगा तो ख़ुद समझ जाएगा। ज़रूरत हुई तो मैं मदद कर दूँगी। तब तक वह अपनी ख़ुशफ़हमी बनाये रख सकता था कि सबसे ज़्यादा जानकारी उसी को है।

उस दिन बप्पा का ख़त सुना, वह ठीक बप्पा की तरह नाराज़ होकर बोल पड़ा था। बिलकुल ठीक कहते हैं तुम्हारे बप्पा। हिन्दुस्तान में रहकर चार-चार बच्चे पैदा करना सरासर बेवकूफ़ी है। बच्चों का ऐसा शौक़ है तो अमरीका में रहो। और शादी किससे करूँ, तुमसे ? मैंने पूछा तो हैरी तमतमाकर उठ खड़ा हुआ। हाँ, मुझसे, गुस्से से उफ़नकर उसने कहा, बिलकुल ठीक आदमी हूँ तुम्हारे लिए, सोच लो।

मैंने सोच लिया हैरी, हम लोग शादी कर लेते हैं, मैंने उसे ख़त में लिखा, पर रहेंगे हिन्दुस्तान में। अमरीका में रहकर मैं बच्चे पैदा नहीं कर सकती। तुम चलो मेरे साथ हिन्दुस्तान। कितना पढ़ा है तुमने उसके बारे में। अब आँखों से देख लेना। यक़ीन करो, हम दोनों नौकरी करेंगे तो चार बच्चों के लायक़ ज़रूर कमा लेंगे। और तुम न चाहो तो चारों अपने पैदा करने की ज़रूरत नहीं है, दो तो ख़ैर मुझे चाहिए ही चाहिए, पर बाक़ी के दो या चार, हम अनाथालय से या परित्यक्त बच्चों की संस्था से गोद ले लेंगे। फिर तो देश की हालत हमारी वजह से वदतर नहीं होगी न ? ठीक है, छह बच्चे पालूँगी मैं। मेरे नाना के भी छह थे। तो बस फटाफट प्रोग्राम बना लो। शादी करके हम दोनों जल्दी-से-जल्दी हिन्दुस्तान पहुँच जाएँ और अपना परिवार आरम्भ करें।

हैरी ख़ुद आकर मेरा ख़त लौटा गया था। बहुत भोली हो तुम, उसने कहा था, इतनी खुली-खुली चिट्ठी भला कोई लड़की लिखती है। कोई देख लेता तो क्या सोचता। प्रपोज लड़के करते हैं, लड़कियाँ नहीं। वह मेरी तरफ़ से शर्मिन्दा नज़र आ रहा था। निगाहें नीची रखकर भाषण दे रहा था। पर शादी की बात तो तुम्हीं ने कही थी, मैंने कहा तो घबरा गया। यहाँ रहकर शादी करने को कहा था मैंने, तुम तो...तुम तो...पता नहीं क्या समझ बैठीं।

मैं समझ गयी, एक सम्पन्न देश के नागरिक को हिन्दुस्तान चलकर रहने का न्योता देकर मैं उसका अपमान कर बैठी थी। यह सोच लेना कि वह हिन्दुस्तान आ सकता है, आना चाह सकता है, गुस्ताख़ी थी मेरी। क्यों ? वह हिन्दुस्तान नहीं आ सकता था पर मैं अमरीका रह सकती थी। ख़ुशी-ख़ुशी रह सकती थी। मैं क्यों रहूँ अमरीका में ?

नहीं रहूँगी और वहाँ, मैंने तय कर लिया। सब दोस्तों से कह दिया, मैं वापस लौट रही हूँ अपने देश। बप्पा को भी लिख दिया, फ़ौरन टिकट के पैसे भेज दो; मैं लौट रही हूँ अपने शहर, तुम्हारे पास।

बप्पा का जवाबी ख़त इतनी जल्दी आया कि मैं घबरा गयी। दोनों देशों की डाक-व्यवस्था यकायक इतनी सुधर कैसे गयी, सवाल-जवाब के बीच थोड़ा-सा असमंजस भी बाक़ी नहीं रहा।

मेरी मुस्कराहट ज़्यादा देर तक नहीं टिकी। बप्पा का ख़त पढ़कर मैं सुन्न

रह गयी। कृतघ्न, बप्पा ने लिखा था, पढ़ाई बीच में छोड़कर चले आने की वजह ? मेरी बेइज़्ज़ती का ज़रा ख़याल नहीं है। लोग क्या कहेंगे, यही न, बड़ा समझते थे अपने को, लड़की से एम.एस. की पढ़ाई तक पूरी न हो सकी। जानती हो शहर में मेरा कितना नाम है, कितने ऊँचे पद पर हूँ आजकल। हर आदमी मुझसे जलता है, मेरी क़िस्मत से रश्क करता है और तुम हो, सब कुछ धूल में मिला देने पर आमादा हो। इतना पैसा ख़र्च करके तुम्हें पढ़ाई पूरी करने अमरीका भेजा, क्या इसीलिए कि तुम ख़तों में ऊलजलूल बातें लिखती रहो। कभी माँ से अचार-मुरब्बे बनाने की विधि मँगाती हो, कभी चार-चार बच्चे पैदा करने की घोषणा और अब यह वापस आने की धमकी। तुर्रा यह कि पैसे मैं भेजूँ क्यों ? किसलिए ? कमा लो ख़ुद। झाड़ू लगाओ, बर्तन रगड़ो, तुम्हारी ज़िन्दगी है, जियो। पर इतना याद रखो कि डिग्री लिये बग़ैर वापस लौटीं तो हमारा-तुम्हारा कोई रिश्ता नहीं रहेगा। फ़िलहाल मैंने तय किया है कि तुम्हारी फ़ीस मैं सीधा तुम्हारे कॉलेज में जमा करवाऊँगा। उसके अलावा जेब-ख़र्च नहीं भेजूँगा। देखता हूँ, कमाने की कितनी ताक़त है तुममें। या शायद कमाने की ज़रूरत ही न पड़े। बेशुमार दोस्त जो हैं तुम्हारी मदद करने को। माँग लेना उन्हीं से पैसे।

ख़त की आख़िरी लाइन मुझे सबसे ज़्यादा कचोट गयी। कुछ दिन पहले माँ को जो ख़त लिखा था, उसी के जवाब में तमाचा मारा था बप्पा ने। माँ ने बप्पा को ख़त दिखलाया ही होगा, मैंने मना थोड़ा किया था। यहाँ मेरे बहुत सारे दोस्त हैं, मैंने लिखा था, मैं सबको प्यार करती हूँ, तुम्हें और बप्पा को भी। माँ, यहाँ रहती हूँ तो मन दुखता है, अपना देश, अपना शहर याद आता है, तुम और बप्पा बहुत। और लौटने की सोचती हूँ तो भी दिल दुखता है। यहाँ मेरे इतने सारे दोस्त हैं, प्यारे-प्यारे दोस्त। मगर माँ, एक बात समझ में नहीं आती। ये लोग प्यार का मतलब नहीं समझते या मेरी अँग्रेज़ी इतनी कमज़ोर है कि अपनी बात इन्हें समझा नहीं पाती। तुमने मुझे अमरीका क्यों भेजा पढ़ने ? इतने करोड़ों लोग अपने शहर में रहकर पढ़ते हैं, मैं उनमें से क्यों नहीं हूँ ? मैं तो अपने शहर को उन सबसे ज़्यादा प्यार करती हूँ। आजकल मैं हरदम यही सोचती रहती हूँ, अपने शहर लौट आने पर मुझे ठीक क्या काम करना चाहिए, जिसके ज़रिये मैं अपना प्यार ज़ाहिर कर सकूँ। तुम बतलाओ न माँ, क्या करना ठीक होगा ?

उस बात का जवाब भी माँ ने नहीं, बप्पा ने दिया था। उस बार भी ख़ूब गुस्सा हुए थे। तुम अच्छी तरह जानती हो, तुम्हें इस शहर से हटाकर बाहर क्यों भेज देना पड़ा। तुमने मेरी इज़्ज़त, मेरी पद-प्रतिष्ठा का कभी ख़याल नहीं रखा। शहर के सबसे बढ़िया कॉलेज में तुम्हें पढ़ने भेजा और तुम मन लगाकर पढ़ने के बजाय, कृतघ्नों की तरह, राजनीति के गन्दे दलदल में फँस गयीं। क्यों ? मुझे ज़लील करने की लिए ही न ! पुलिस पकड़ ले जाती तुम्हें तो जानती हो क्या

होता ? मुझे नौकरी से इस्तीफ़ा देना पड़ता। शहर-भर में बेआबरू हो जाता मैं।

मैंने क्या राजनीति की ? मज़दूरों की झुग्गी-झोंपड़ी बस्तियों में, गली-गली जाकर, नाटक ही तो किया करते थे हम लोग। इसमें ग़लत क्या था ? हम तो ख़ुद सीखना चाहते थे, जानना चाहते थे, गहराई से महसूस करना चाहते थे, वह सब जो क़िताबों में पढ़ा करते थे। शोषण, भ्रष्टाचार, प्रदूषण, खोखले शब्द भर न रह जाते, अगर हम उन लोगों के बीच जाकर उन्हें महसूस न करते, जो इनके असली शिकार थे। नाटक में जो हम दिखाते थे, वह तो उन्हीं की दुनिया थी। उससे अनभिज्ञ थोड़े थे वे लोग। फिर भी अपना झेला मंच पर देखकर उनके भीतर उससे लड़ने की इच्छा जग जाती थी शायद। यही क़सूर बन गया था हमारा। काम भी कितना-सा आ पाये हम उन लोगों के। बस, उनकी तरफ़ से कुछ चिट्ठी-पत्री लिख दिया करते थे। ऐप्लीकेशन, दरख़्वास्त, अपील जो तुम कहना चाहो। मुझे ख़त लिखने का कितना शौक़ था। क़ानूनी कार्रवाइयों के नुक़्ते पढ़कर उन्हें समझाने में भी ख़ूब मज़ा आता था मुझे।

बप्पा, तुम चाहते थे न, मैं मन लगाकर पढ़ूँ, क्लास में अव्वल आऊँ, तो बिना इन बारीक़ियों को समझे कैसे पढ़ाई पूरी हो सकती थी। अलग-थलग, सुरक्षित कोनों में बैठे रहकर। फिर यह जुर्म कैसे हो गया ? पुलिस हमारे पीछे क्यों पड़ गयी ? तुम्हारा मान-सम्मान आड़े कैसे आ गया ? अच्छा बप्पा, तुम तो प्रशासक हो, सरकारी अफ़सर। तुम्हें सरकार ने इतनी पद-प्रतिष्ठा देकर बहाल क्यों किया ? इसीलिए न कि तुम अपने शहर के लोगों की देखभाल करो। न सही सेवा, सेवा नहीं कहूँगी, तुम्हारे काम को। शब्दों की तानाशाही से वाक़िफ हूँ। तुम सेवक नहीं। प्रशासक हो, अफ़सर हो। सेवा न सही देखभाल करने का तो काम है तुम्हारा। मैं तो तुम्हारा ही हाथ बँटा रही थी, फिर मेरी वजह से तुम्हारा अहित-अपमान कैसे हो गया ? क्या इतना बड़ा जुर्म था मेरा कि एकदम देशनिकाला दे देना पड़े ?

मैंने ख़त लिख डाला था बप्पा को।

सोचकर देखती हूँ तो अब तक सबसे ज़्यादा ख़त मैंने बप्पा को ही लिखे हैं। माँ को भी कम नहीं लिखे पर उन्हें एक ही बात समझाने के लिए बार-बार लिखने की ज़रूरत नहीं होती थी। वे मुझसे जिरह या बहस नहीं करती थीं। मेरी बात सुनकर हज़म कर जाती थीं। और बप्पा थे कि उसे चुभलाते-जुगालते रहते थे। मैं जो भी लिखती, माँ का जवाब वही रहता था, तुम ख़ुश रहो, मन लगाकर पढ़ो, ख़ुराफातों में मत पड़ो, तुम्हारे बप्पा को तुमसे बहुत आशाएँ हैं। बेटा-बेटी सब तुम्हीं हो न। अकेली सन्तान। उनकी महत्त्वाकांक्षा तुम नहीं तो कौन पूरी करेगा। मैं तो यही चाहती हूँ तुम और तुम्हारे बप्पा, दोनों ख़ुश रहें और मेरे पास रहें। तुम्हारी बहुत याद आती है। तुम्हारे बिना घर एकदम सूना लगता है। सब

दोस्त-रिश्तेदार तुम्हें पूछते रहते हैं। तुम लौट आओगी तो सबसे मिलवाऊँगी। पढ़ाई पूरी करके, जल्द-से-जल्द लौटो, इसी इन्तज़ार में, तुम्हारी माँ।

उस बेगाने शहर में कभी-कभी लगता, मैं माँ के ख़तों के इस आख़िरी वाक्य के सहारे जी रही हूँ। मेरा शहर मेरा इन्तज़ार कर रहा है। जल्द-से-जल्द मेरे लौट आने का। पर समझ नहीं पाती बप्पा की आशाएँ क्या हैं ? उनकी महत्त्वाकांक्षा पूरी करने की ज़िम्मेदारी मेरी क्यों है ? अगर बप्पा के एक बेटा भी होता, दो-चार और बेटे-बेटियाँ होते तब भी वे इसी तरह अपनी आशाएँ-महत्त्वाकांक्षाएँ उन सबसे पूरी करवाते ? बाप रे, तब तो ढेरों महत्त्वाकांक्षाएँ ढोनी पड़तीं उनको। या एक ही महत्त्वाकांक्षा बँट-चुट जाती। एक जोड़ी कन्धों का पूरा बोझा नहीं उठाना पड़ता, सोचते-सोचते हँसी आ जाती थी मुझे।

अकेली जान मैं कब, कहाँ तक तुम्हारी महत्त्वाकांक्षाओं को ढोती फिरूँगी बप्पा ? मुझे ख़ुद को बाँटने दो, देने दो। मैं प्यार बाँटना चाहती हूँ। सबके बीच, बहुत है मेरे पास, तुम्हें भी दूँगी, अथाह खज़ाना है, कभी नहीं चुकेगा, सच। और लिख ही तो डाला मैंने ख़त में बप्पा को। बप्पा, यहाँ के पादरी कहते हैं, मैं नन बन जाऊँ, तब मुझे प्यार बाँटने से कोई नहीं रोकेगा। मेरे प्यार के ग़लत अर्थ भी नहीं लगाये जाएँगे। अँग्रेज़ी कितनी भी ख़राब हो मेरी, जीसस क्राइस्ट से सम्बन्ध जोड़कर मैं सर्वथा मुक्त हो जाऊँगी। बन जाऊँ क्या ?

पर कैसे बन सकती हूँ ? मुझे बच्चे चाहिए। कम-से-कम चार। पालने को तो मिल जाएँगे पर अपने पैदा करने की उन लोगों को मनाही है। पर मुझे तो चाहिए। अपने भी। गोद लिये हुए भी। मैं शादी के बाद, बच्चे पैदा करके, बच्चे गोद लेकर, प्यार बाँटते रहना चाहती हूँ बप्पा। समझ में नहीं आता क्या करूँ ? तुम बतलाओ न बप्पा, मेरे प्यारे, अच्छे, विज्ञ बप्पा, मुझे बतलाओ, मैं तुम्हें बहुत प्यार करती हूँ फिर भी प्यार बाँटना चाहती हूँ सबके बीच। मुझे बतलाओ यह कैसे सम्भव होगा, मेरे बहुत-बहुत प्यारे बप्पा।

बप्पा का जवाब आया था...नहीं-नहीं, याद करती हूँ तो बर्दाश्त नहीं होता। उसके बाद आये इस ख़त को पढ़ने पर बिलकुल नहीं होता। तब मैंने सोचा था अगले ख़त में बप्पा को मना लूँगी और उनसे एक प्यारभरा ख़त वसूल कर ही लूँगी। कैसे भ्रष्ट लोगों की संगत में पड़ गयीं तुम, बप्पा ने लिखा था, ऐसे ऊलजलूल सम्बोधन पिता के लिए प्रयोग नहीं किये जाते, इतना भी ज्ञान नहीं रहा। नन बनोगी तुम ! भूल जाओ, शादी की बाबत बात समय आने पर होगी। अभी तुम सिर्फ़ पढ़ाई पूरी करने में दिल लगाओ। समझीं ? मैंने अपने एक दोस्त को लिखा है, तुम पर नज़र रखें। पादरियों से मिलने क्यों गयीं तुम ? आगे से ध्यान रखना, एक बार बचा लिया, इस बार ग़लत सोहबत में पड़ीं तो बचाना मेरे हाथ में नहीं होगा।

एक बार आये थे उनके दोस्त मुझसे मिलने, फिर नहीं। बेचारे मुझ पर क्या नज़र रखते। वे तो ख़ुद नज़र बचाते फिर रहे थे। अपने कारनामों का कोई साक्ष्य नहीं चाहते होंगे। बड़ी उम्र में पहली बार अपना शहर छोड़ बाहर आये थे। पता नहीं कब-कब की कसर निकाल रहे थे। उनके शहर जाकर कोई कह देता तो ? मैंने उन्हें बन्धनमुक्त कर दिया। कह दिया, आप जो करते हैं उसमें ज़रा दिलचस्पी नहीं है मेरी। कृतज्ञ हुए बेचारे। नज़रें मुझसे मोड़ लीं। हाय वप्पा, कितना कम समझना चाहते रहे तुम।

इस बार अति कर गये तुम बप्पा। ख़त का जवाब मैंने नहीं दिया। बस, मन-ही-मन कहा, बप्पा, अब और यहाँ नहीं रहूँगी। तुमने जो कहा है वही करूँगी, झाड़ू लगाऊँगी, बर्तन रगड़ूँगी और टिकट के पैसे जमा होते ही अपने शहर लौट आऊँगी।

कैम्पस में मुझे लाइब्रेरी में नौकरी मिल रही थी, कैण्टीन में कैश काउण्टर पर भी, पर मैंने नहीं की। मैं अपने को उनके शहर में खुला छोड़ देना चाहती थी। विदेशी थी न, विद्यार्थी की हैसियत रखती थी। मुझे बाहर काम करके कमाने की इजाज़त नहीं थी। पर इजाज़त थी किस चीज़ की हम जैसे लोगों को। मैं उन्हीं लोगों से मिलना चाहती थी, जिन्हें समाज इज़्ज़त नहीं देता और इजाज़त नहीं देता इज़्ज़त पाने की कोशिश करने की। उस शहर में भी ऐसे अनेक दूपित कोने थे जहाँ क़ानून की इजाज़त पाकर काम करने के लिए किसी का पूर्वग्रह विशेष था नहीं। वहाँ वसे छोटे-छोटे ढाबों में समाज की जूठन बर्तन जूठे किया करती थी। वहीं मैंने बप्पा का कहा पूरा करना शुरू किया। जूठन की जूठन साफ़ करने का काम आसानी से मुझे मिल गया।

कितनी भी बढ़िया प्लेट क्यों न धोऊँ, मेरा मालिक यही कहता था, प्लेट साफ़ करो। एक दिन मुझे गुस्सा आ गया। साफ़ तो है, मैंने कहा। साफ़ करो, उसने दुहराया। गुस्से में मैं कह उठी, जानते हैं मैं एम.एस. कर रही हूँ। तो ? उसने कहा और खड़ा-खड़ा मुझे ताकता रहा...ताकता रहा। और कुछ नहीं बोला। वैसे भी वह कम बोलता था। वहाँ सभी कम बोलते थे। इतने दिनों में एक भी हैरी नहीं मिला मुझे। उसके उस एक शब्द के सवाल ने मुझे बेतरह हिला दिया। एक पल के भीतर बहुत सारी बातें मेरी समझ में आ गयीं। प्लेट साफ़ करनी है तो प्लेट साफ़ करनी है। मैं क्या हूँ, कौन हूँ, क्या कर सकती हूँ, उससे मतलब नहीं है।

सच कहती हूँ माँ, मैंने माँ को ख़त में लिखा, मेरे जैसा प्लेटें धोनेवाला तुम्हें पूरी दुनिया में ढूँढ़े नहीं मिलेगा। जब प्लेट धो रही होती हूँ तो लगता है, मैं मैं नहीं प्लेट हूँ। अपने को साफ़ चमकीला बना डालने के अलावा जीवन में कोई ध्येय नहीं है मेरा। न किसी बाधा को मानने को तैयार हूँ मैं। माँ, दोषरहित काम

करने के लिए एक जैसी एकाग्रता चाहिए, चाहे पहाड़ पर चढ़ना हो चाहे प्लेटें धोना। नाराज़ मत होना, मेरी प्यारी माँ, पर प्लेटें धोते-धोते मुझे लगता है मैं बप्पा से ज़्यादा महत्त्वपूर्ण काम कर रही हूँ। मैं ख़ुश हूँ माँ, आजकल बहुत ख़ुश हूँ। एकदम नये तरह के संगी-साथी मिल रहे हैं और मैं सबको प्यार दे रही हूँ। इन्हें ज़्यादा ज़रूरत है न माँ।

माँ ने वह ख़त बप्पा को नहीं दिखलाया होगा क्योंकि उनकी कोई तीखी प्रतिक्रिया मुझे नहीं मिली। बल्कि कुछ दिनों की चुप्पी के बाद उन्होंने लिखा, पैसों की ज़रूरत हो तो लिख देना। लिखूँगी बप्पा, ज़रूर लिखूँगी। ज़रूरत हुई तो लिखूँगी नहीं ? पर मुझे ज़रूरत है नहीं। इतना भरा-पूरा है सब कुछ। किसी चीज़ की कमी नहीं है तो ज़रूरत कैसे महसूस होगी। पर ख़त नहीं लिखा मैंने बप्पा को; उस दिन के लिए स्थगित रख दिया जब ज़रूरत महसूस करूँगी।

और नहीं, पर एक ज़रूरत मुझे है ज़रूर। वापस अपने शहर लौट जाने की। उसी के लिए कमाकर पैसा जमा कर रही हूँ। पर काम के बीच, इतने लोगों के बीच बँटकर पा रही हूँ कि ज़रूरत कचोटती नहीं, बल्कि दूर से दिखाई दे रहे मंज़िल के दीये की तरह टिमटिमाकर रोशनी देती है।

अच्छा है न माँ, इतने लोगों के बीच बँटकर रहना। माँ, मैंने लिखा, आज मैंने तुम्हारे सिखाये अलीगढ़ी आलू बनाकर खिलाये उन लोगों को। बहुत पसन्द आये सभी को। अरे, आलू के पीछे तो पागल हैं यहाँ के लोग, पर बनाने के नाम पर वही चिप्स या हद-से-हद बेक कर लिये मक्खन-चीज़ डालकर। हम लोगों की तरह हर शहर के नाम पर फ़र्क़-फ़र्क़ तरह के आलू बनाना कहाँ जानते हैं ? सच माँ, सोचती हूँ, मेरी-तुम्हारी तरह लोग आलू के नाम पर प्यार बाँटना शुरू कर दें तो दुनिया में जंग होनी बन्द हो जाए। ओ माँ, कितना मन है उड़कर तुम्हारे पास पहुँच जाऊँ और ऊलजलूल बेवकूफ़ीभरी बातें करूँ। तुम्हें बेवकूफ़ी से परहेज़ नहीं है न, बप्पा को क्यों है ? काश, लोग बेवकूफ़ होते और प्यार बाँटा करते। आलुओं की तरह। ओ माँ, इतने स्वाद बने अलीगढ़ी आलू, इतने स्वाद कि मज़ा आ गया। अब फटाफट दम आलू की विधि लिखकर भेज दो। कलकत्ते में खाये थे न लूची के साथ। ख़ूब मसालेदार। कलकतिया आलू। न-न, दम आलू नाम बेहतर है। चलने दो वही। बनाकर खिलाऊँगी इन लोगों को। माँ, तुम सोच नहीं सकतीं, कितने बेबस लाचार क़िस्म के लोग आते हैं यहाँ। दो दिन काम किया और ग़ायब। कोई जेल से छूटकर आ रहा है तो कोई जेल जा रहा है, शराबी, आवारा, गँजेड़ी। ड्रग ऐडिक्ट्स कहते हैं ये लोग। फिर भी गोरी जूठन ख़ुद को काली जूठन से बेहतर समझती है। हँसी आती है। नहीं, रोना आता है। और माँ, कभी-कभी उन लोगों से बातें करते-करते मुझे बप्पा का चेहरा याद आ जाता है और तब

मन करता है मैं भी शराब पिऊँ, ड्रग खाऊँ, आवारागर्दी करूँ और इन लोगों के दुःख को भीतर से समझूँ।

न-न, घबराओ मत। पैसे ही नहीं हैं मेरे पास वह सब करने के लिए। जो कमाती हूँ, ख़र्च कर देती हूँ या बचाकर रखती हूँ एक ख़ास काम के लिए। अभी नहीं बतलाऊँगी किस काम के लिए। एक दिन हैरत में डाल दूँगी तुम्हें, मेरी अच्छी प्यारी, कुछ-कुछ बेवकूफ़ माँ।

दमआलू की विधि भेजना मत भूलना। इन्हीं लोगों को खिलाने हैं। कुछ हैं इनमें जो पुरानी लतें छोड़कर दुबारा इन्सान बनने की कोशिश कर रहे हैं। भूख मिटाने को बेचारे कॉफ़ी-डोनट का सहारा लेते हैं। उन्हीं को बनाकर खिला देती हूँ कभी-कभी। अपने ढाबे के पीछे गैरेज है, उसी में मिलते हैं हम लोग। हाय, मेरा मालिक ढाबा नाम सुनेगा तो बिगड़ उठेगा। ईटिंग जॉयण्ट है यह माँ, फ़ास्ट फ़ूड बोनान्ज़ा। काके दा ढाबा याद है तुम्हें और वह ईरानी होटल ? कब देखूँगी मैं उन्हें ?

लगता है अब माँ मेरे ख़त बप्पा को नहीं दिखातीं। बप्पा मेरी फ़ीस और उसके साथ कुछ जेब-ख़र्च सीधा कॉलेज भिजवा देते हैं। रसीद उन्हें मिल जाती है। मैं आजकल उन्हें ख़त नहीं लिखती। जब लौटकर जाऊँगी अपने शहर तो ख़ूब समझकर बात करूँगी उनसे; तुम्हारे पैसों से ही लौटकर आयी हूँ, बप्पा, तुम्हारे कमाये पैसे या तुम्हारी राय से मेरे कमाये, कोई फ़र्क़ नहीं है न। मुझे लौटना था मैं लौट आयी। अब से तुम्हारे जूते मैं पॉलिश किया करूँगी। शीशे-से चमका करेंगे। पता है मैं कौन हूँ, द ग्रेटेस्ट पॉलिशर ऑफ़ द वर्ल्ड, द चैम्प। प्लेटें चमका-चमकाकर ऐक्सपर्ट हो गयी हूँ...पर इन्तज़ार करना है अभी। अभी तो जूठन साफ़ करनी है मुझे। प्लेटों की और समाज की। थोड़े से आलू, और थोड़ा-सा प्यार बाँटकर।

माँ, अबकी बार, सरसों-प्याज़वाले आलू-बैंगन की विधि भेज देना। तुम्हारे हिसाब से बनाती हूँ तो खाकर सब भौचक रह जाते हैं। गैरेज हमारा वह गुलज़ार होता है कि क्या बतलाऊँ। काके दे ढाबे की याद ताज़ा हो जाती है। एक आत्मा उगने लगती है इस निरानन्द शिविर के अन्दर। और तब मैं दुगुने आनन्द के साथ प्लेटें रगड़ती हूँ; रगड़-रगड़कर ऐसे चकाचक कर देती हूँ कि तुम्हारा प्यारा-प्यारा साँवला मुँह भी उसमें गोरा बनकर चमके। बप्पा से कहना वापस लौटूँगी तो...नहीं छोड़ो, बप्पा से अभी कुछ मत कहना। मैं ही कहूँगी एक दिन ...अच्छा माँ, मेरा कोई पुराना साथी कभी मिला ? कभी नहीं मिला ? कोई भी ? मिला तो होगा। बप्पा ने भगा दिया होगा। माँ, कोई मिले तो कहना...नहीं, रहने दो वह भी। मैं ही कहूँगी एक दिन...

माँ आजकल अपने ख़तों में नसीहतें नहीं देतीं, बप्पा की आशाओं-महत्त्वाकांक्षाओं

की बात भी नहीं करतीं। जो विधि मँगाती हूँ भेज देती हैं और लिख देती हैं—ख़ुश रहो।

तो क्या माँ मुझे समझ गयीं ? काश बप्पा...

समझेंगे एक दिन...

मैं लौटूँगी अपने शहर...

यह क्या हो गया माँ, मैंने मदद करनी चाही थी, निर्मल मन से। क्यों हुआ ऐसा ? मैं बप्पा के आगे हार गयी। वह दुःखी था। अब भी कहती हूँ दुःखी था। पीड़ित-व्यथित, बच्चे की तरह। दिशा ढूँढ़ रहा था वह, दिशाहारा नहीं था। जीवन से हताश नहीं हुआ था। लौट आना चाहता था, मेरी तरह। लौटना चाहो और कोई बाँह न पकड़े...माँ, मैंने सोचा मैं उसे लौटा तो नहीं ला सकती पर लौटने में थोड़ी-बहुत मदद कर सकती हूँ। वह भूखा था, मैं उसे खाना खिला सकती थी। कमज़ोर-बीमार था। सोने के लिए सिर पर छत और बिस्तर दे सकती थी। सोचा था, एक-दो दिन आराम करेगा, भरपेट खाएगा तो निराशा पर विजय पा लेगा। जाएगा तो ज़िन्दगी जीने की भरपूर लालसा लेकर। पर...वह ड्रग खाता ज़रूर था, कुछ समय पहले, हाँ ड्रग ऐडिक्ट था वह। इसीलिए माँ-बाप ने घर से निकाल दिया था। कहा था हमारी अपनी भी ज़िन्दगी है। तुम्हारी मजबूरी पर पूरा परिवार क़ुर्बान नहीं हो सकता। उसने आत्महत्या नहीं की, हथियार नहीं डाले, जूझा अपने से, ड्रग छोड़ने की कोशिश की, और आख़िर सफल भी हो गया। अब तो बस भूखा था, नौकरी की खोज में निकला बेकार था और भविष्य से डरा हुआ था। मैंने सोचा मैं उसकी मदद कर सकती हूँ, करनी चाहिए मुझे। वह लौटना जो चाहता था...

मैं उसे कॉलेज के अपने कमरे में ले आयी। तुम्हारे सिखाये कढ़ी-चावल बनाकर खाने को दिये। उसने खाये माँ, भरपेट खाये, शौक़ से, ख़ुश होकर। खाकर सोने की तैयारी करने लगा। फिर...माँ, कैसे वहशी हैं यहाँ के लोग। नहीं, बीमार, मन से, आत्मा से बीमार। उसने कहा, फिर लायी किसलिए थीं तुम मुझे अपने कमरे में। माँ, अब और यहाँ नहीं रह सकती मैं। अपने शहर लौट रही हूँ, जब सामने हूँगी, समझ लेना मैं आ गयी।

माँ ने अपने जवाबी ख़त में क्या लिखा मैं नहीं जानती। वह ख़त मैंने उन्हें भेजा ही नहीं। लौटकर अपने कमरे में भी नहीं गयी। कोई ख़त आया भी होगा तो पड़ा होगा। बप्पा का भेजा जेब-ख़र्च मेरे खाते में जमा होता रहा था। निकाल लिया। अपना पैसा भी कुछ जमा हो चला था, वह भी। मैंने अपने शहर लौटने के लिए टिकट ख़रीद लिया। अब जो होगा वहीं पहुँचकर।

मैं शाम के वक़्त अपने शहर में उतरी। जान-बूझकर मैंने उस फ़्लाइट का टिकट लिया था जो शाम को मुझे अपने शहर पहुँचाती थी।

हर शहर की एक आत्मा होती है, जो शाम के गहराते झुटपुटे में ही इन्सान की पकड़ में आ सकती है। दिन का उजाला बड़ा बेदर्द होता है। हर नक़्श को इस सफ़ाई से उभार देता है कि हम उसके बारीक़ कटाव-छँटाव को ही देखते रह जाते हैं। शहर की तब अपनी अलग कोई पहचान नहीं होती। वह दुनिया का एक बेनाम हिस्सा भर होता है, ईंट-गारे से चिना, गली-कूचों में बँटा, शोर-शराबे से घिरा, भीड़-भरा हिस्सा। शाम के बाद जब धीरे-धीरे रात उतरती है तो थकान से चूर जिस्म चुप हो जाते हैं। तब गहराते अँधेरे और सन्नाटे में शहर की आत्मा की महीन आवाज़ कानों तक पहुँच सकती है। पर उससे भी पहले, एक छोटा-सा वक़्त का टुकड़ा वह होता है, जब शाम का झुटपुटा शहर के तीखे कानों पर कूँची फेर देता है। धुँधले होकर वे एक-दूसरे में बिला जाते हैं। कुछ देर को शहर की अखण्डित तस्वीर हमारी आँखों के सामने झिलमिलाती है। वही वक़्त होता है उसे पहचानने का, उसकी आत्मा की एक झलक पाने का। फिर रात घिर आती है और शहर की आवाज़ इतनी धीमी और महीन हो जाती है कि चाहने पर भी उसे पकड़ने की कोशिश, बहुत मुमकिन है, नाक़ाम हो जाए।

अब जाकर मेरी समझ में आया था अपने शहर से इतने दिनों तक दूर रहकर, कि बचपन में मुझे धुन्धभरे दिन अच्छे क्यों लगते थे। तब मैं सोचती थी शायद इसलिए कि जब दूर तक कुछ साफ़ दिखलाई नहीं देता तो यह सोच लेना आसान होता है कि वहाँ दूरी पर कुछ बहुत ख़ूबसूरत छिपा हुआ है। हालाँकि इस डर से भी मैं आज़ाद नहीं हो पाती थी कि सूरज की रोशनी में वह ख़ूबसूरती बदसूरती बनकर उजागर होगी। पर वह बचपन का सोच था। बातें इतनी सीधी-साफ़ कहाँ होती हैं। सवाल ख़ूबसूरती-बदसूरती का है ही नहीं। सत्य कटु हो सकता है, असुन्दर नहीं। पर सत्य ठोस सच की परत के नीचे छिपा रहता है। सूरज की रोशनी में ऊपर का सच इतना धारदार मालूम पड़ता है कि सत्य के दर्शन नहीं हो पाते। शाम का धुँधलका जिस्म के उन कटावों को ढक देता है जो आँखों को भरमाकर आत्मा तक पहुँचने नहीं देते। शायद इसीलिए गुज़रे ज़माने में औरतें परदा किया करती थीं।

उतरी तो मैं शाम ही के वक़्त अपने शहर में पर...यह क्या हो गया मेरे शहर को ! नहीं, यह मेरा शहर नहीं। या फिर यह शाम का वक़्त नहीं। मैं जहाँ से चली थी, परसों सुबह या कल रात, वहीं हूँ अब भी, कहीं और पहुँची नहीं। कुछ घण्टों का समय खो जाता है न वहाँ से यहाँ के सफ़र में। दिन बनी रात को वहाँ से चली थी और दिन बनी रात को यहाँ हूँ। सुबह उगी ही नहीं बीच में। न शाम का धुँधलका गहराया कहीं। मशीनी उजाले का सन्नाटा छाया था वहाँ

और...यहाँ भी ? हर एक फ़ुट के फ़ासले पर खड़े बिजली के बल्ब तीखी पीली रोशनी फेंक रहे हैं। ऊँची-ऊँची इमारतें, ठेलमठेल मोटरगाड़ियाँ, हड़बड़ाये लोग, निस्संग, असम्पृक्त। सचमुच क्या मैं अपने शहर में हूँ। झींगुर-सी महीन आवाज़ में भी तो नहीं पुकार रही इस शहर की आत्मा मुझे।

नहीं, यह मेरा शहर नहीं। यह मेरी आत्मा का संगी नहीं, मेरी याददाश्त का सहारा नहीं। रात-से-रात तक का सफ़र करके मैंने सुबह खो दी और शाम को दोपहर में तब्दील कर लिया। यह क्या हो गया मेरे शहर को ?

बदहवास मैं हवाई अड्डे से बाहर आयी और टैक्सी में बैठ गयी। बूढ़े ड्राइवर से कहा, शहर से दूर जानेवाली किसी भी सड़क पर गाड़ी मोड़ ले। उसने सवाल नहीं किये। गाड़ी अँधेरी सड़क पर बढ़ा दी। अमरीका से लौट रहे ग्राहकों से होशियार व्यापारी सवाल नहीं किया करते।

पता नहीं कितनी देर मैंने सफ़र किया। रात मुझ पर हावी होने लगी। न जाने कब मेरी आँख लग गयी। और तभी नीम बेहोशी में मैंने महसूस किया कोई धीमे से मुझे आवाज़ दे रहा है। झींगुर-सी महीन आवाज़ में। बिना चौंके मैं जग गयी। समझ गयी कि शाम के धुँधलके में इस शहर की आत्मा जिस्म के खोल से बाहर निकल आयी है और मुझसे कुछ कहना चाह रही है।

सड़क के किनारे एक विशाल, पर एकाकी इमारत दिखी। चारों तरफ़ नुचा हुआ बाग़, बंजर ज़मीन, ठूँठ हुए पेड़। लुटा-पिटा एक अभिशप्त बगीचा। न खुले जंगल-सा भव्य, न निजी बाग़-सा सजा-सँवरा। मुझे लगा वह चिरौरी करती आवाज़ उसी इमारत के इर्द-गिर्द मँडरा रही है।

मैंने गाड़ी रुकवा ली। ख़ुद उतरी और सामान भी उतरवा लिया। इमारत का नाम पूछा तो शहर का भी पता चल गया। रात के पहरेदार ने बतलाया कि इमारत में कभी भूतपूर्व युवराज का महल था, अब होटल है नाम का। रहने नहीं आते वहाँ लोग। इक्का-दुक्का यात्री, वह भी कभी-कभी। जैसे आज मैं। और भूतपूर्व युवराज, पूछने की देर थी कि याददाश्त बाँध तोड़ हरहरा उठी। बीते दिनों के कोलाहल ने महीन आवाज़ को दबा दिया।

जानतीं नहीं आप। 1975 में सरकार ने उन्हें बन्दी बनाने के लिए महल का घेरा डाला था। समर्पण करने से इनकार जो कर दिया था हमारे युवराज ने। शहर का कोई अफ़सर उनकी गिरफ़्तारी लेने को तैयार नहीं था। राजधानी से आयी थीं पुलिस और घेर लिया था महल को।

1975 में ? हाँ, कुछ तारीख़ें ऐसी होती हैं कि बिला कहे सब कुछ समझा देती हैं। शहरों की तरह तारीख़ों की भी आत्मा होती है। वही साल तो था जब बप्पा ने मुझे देशनिकाला दिलवाया था। इस शहर का भूतपूर्व युवराज और राजधानी की सरकार, एक ही देश के नागरिकों के प्रतिनिधि थे पर कौन नागरिक

है, कौन नहीं, तय करने का अधिकार मेरे बप्पा जैसे लोगों के हाथ में था उन दिनों। तभी न मुझे निकाल बाहर किया गया था। आपातकाल था वह मेरे लिए और भूतपूर्व युवराज के लिए जो तब सांसद था विपक्ष का।

उसे घेरकर अपने ही महल में क़ैदी बना डाला गया था। पर वह क़ैद में रहा कहाँ ? बन्द कमरे के भीतर पिस्तौल कनपटी पर रख मुक्त हो गया। क्या उसकी आत्मा शहर की आत्मा में मिल गयी या इस अभिशप्त महल के अन्दर सिर धुनती भटक रही है ? बूढ़े पहरेदार के लिए युवराज ही शहर था पर मैं जानती हूँ ऐसा नहीं है। फिर भी 1975 में शहीद हुए लोगों की आत्मा की आवाज़ सुनने से मैं इनकार नहीं कर सकती थी। जिस्म के कठघरे में क़ैद मैं कहाँ-कहाँ तो भटकी हूँ, उसी साल की वेदी पर अपनी आत्मा का बलिदान देने से इनकार करके। आत्मा क्या मैं यहीं छोड़ गयी थी ? नहीं, मेरे जिस्म में और मेरे शहर में, दोनों जगह बँट-बँटकर भटकती रही थी मेरी आत्मा। सुनूँ तब, एक बार कान लगाकर सुनूँ। भूतपूर्व युवराज और उस समय के सांसद की आत्मा की आवाज़ क्या कहना चाह रही है।

बूढ़े पहरेदार की कहानी के ख़त्म होते ही मैं उस कमरे के पास जा पहुँची, जहाँ उसने क़ैद और मुक्ति दोनों प्राप्त की थीं। दरवाज़े पर ताला लगा हुआ था पर शीशे से भीतर झाँककर देखा जा सकता था। उस अभिशप्त महल में अब भी कोई रोज़ आकर कमरा सँवार जाता था। साफ़, तरतीब-भरा रख-रखाव था; बिस्तर पर बिखरे ताज़े फूल; दीवार पर युवराज की आदमक़द तस्वीर। सब कुछ था पर युवराज की आत्मा वहाँ नहीं थी। शाम के धुँधलके में भी उसने मुझे नहीं पुकारा। पर मुक्त भी नहीं किया पूरी तरह। दूर कहीं से, हल्के सुर में कोई मुझे पुकारकर हिस्सेदारी की माँग करता रहा।

मैं आँखें बन्द करके महल के सूखी घास-भरे अहाते में बैठ गयी। अँधेरा और सन्नाटा गहराता गया और उसी के साथ मुझे पूरी कहानी याद आ गयी। जैसी उन दिनों सुनी थी। बाहर भेजे जाने से पहले, पूरी-की-पूरी।

उसे घोड़े पालने का ख़ब्त था। रेस के घोड़े। महल के पीछे स्टड फ़ार्म हुआ करता था, जहाँ वह घुड़दौड़ के विजेता तैयार करता था। पुलिस के घेरा डालने पर उसके वे नायाब घोड़े बिला दाना-पानी दम तोड़ने लगे थे। वही तुरुप चाल थी राजधानी की। घोड़ों की ज़िन्दगी समर्पण न करने की शर्त बन गयी थी। तभी उसने कनपटी से पिस्तौल सटा दी थी। उसके मरते ही घेरा हटा लिया गया था। पानी की सप्लाई खोल दी गयी थी। रसद अन्दर जाने लगी थी। घोड़े बच गये थे। अपनी नालों समेत।

हाँ, ध्यान से सुना मैंने। उन्हीं घोड़ों के नाल जड़े पैरों की आवाज़ थी वह। वहीं अस्तबल के आसपास भटक रही होगी उसकी आत्मा। अँधेरे में बिला राह

टटोले, उसी के सहारे मैं बढ़ती चली गयी। मुश्किल नहीं था उस सुनसान सन्नाटे में आवाज़ को सुन पाना। पैरों की थपक धीमी ज़रूर थी पर रात के सन्नाटे में अकेले होने के कारण, चोट ज़ोरदार करती थी। कानों पर, दिमाग़ पर और दिल पर।

सुनो, आओ, इधर मेरे क़रीब आओ। मेरी कहानी सुनो। अनकही कहानी समझने की ताब है तो आओ। इसी ध्वनि के सहारे चली आओ। रास्ता पैरों के नीचे की ज़मीन भर नहीं, पहचान माँगता है। तुम्हारे रास्ते की पहचान यह ध्वनि है मेरे पदचाप की।

सुनो...थप-थप, टप-टप, ठप-ठप, ठक-ठक, कहाँ से कहाँ पहुँचा दी तुम लोगों ने ध्वनि मेरे पदचाप की। तुम समझ पाओ शायद...शायद नहीं...शायद ...शायद नहीं...शायद...

ठक-ठक, ठप-ठप, टप-टप, थप-थप...थपक खो क्यों गयी ठक-ठक में ? पदचाप बँध क्यों गयी नालों में ?

मैं घोड़ों तक पहुँचने से पहले ही बहुत कुछ समझ चुकी थी। शाम का धुँधलका अब पूरी तरह रात के एकछत्र अँधेरे में बदल चुका था। वहाँ तक पहुँचने से पहले ही मैं उस ध्वनि को पहचान गयी थी, सीखचों से घिरे, बाड़ों में बन्द धावक घोड़ों के पैर पटकने की आवाज़ ही नहीं, उसमें छुपी कसक को भी।

दौड़ने की क्षमता अथक थी। पर दौड़ लगाने के लिए खुला जंगल नहीं था, मैदान नहीं था। बँधा-बँधाया ट्रैक था और थी मालिक की चुमकार, दाँव लगानेवालों की आशा-निराशा और जुआरियों का जुआ ढोनेवाले नाल जड़े पैर। खड़े-खड़े एक जगह दौड़ लगाने का मायाजाल पैदा करके अपनी तृष्णा शान्त कर रहे थे।

पहले बाड़े के सामने ही मैं ठिठककर खड़ी हो गयी। आवाज़ के साथ ऊँचे सफ़ेद अरबी घोड़े की दृष्टि ने मुझे बाँध लिया। दौड़ लगाते वक़्त आँखों पर परदे डले रहते हैं, इस वक़्त देखने के लिए मुक्त थीं। जंगल और मैदान के आख़िरी छोर पर नज़रें गड़ाकर मनचाही दौड़ लगाने के लिए फिर भी नहीं, मेरी तरह प्यार बाँटनेवाले हाथों से मैंने उसका चेहरा दोनों तरफ़ से थाम लिया। सिर पर हाथ फेर पाने लायक़ ऊँचाई मुझे ख़ुद में मिली नहीं, आँखों से आँखें मिला पायी, यही बहुत था।

तुम ग़लत थे, बीते हुए कल के युवराज। ख़ुदकुशी करके तुमने अपने अहम् को बचाया, घोड़ों को नहीं। तुम्हें अपने घोड़ों से प्यार नहीं, उनका मालिक होने पर नाज़ था। इसीलिए तुम्हारी आत्मा की आवाज़ इनके पैरों की ठक-ठक के बीच खो गयी है। बेहतर होता अगर तुम इनके बाड़ों के सीखचे तुड़वा देते, इनके पैरों

रों नालें उखड़वा लेते, इन्हें आज़ाद छोड़ देते, अपना-अपना जंगल और मैदान ढूँढ़ने, तय कर पाने के लिए।

उस अरबी घोड़े का चेहरा हाथों में पकड़ उसकी आँखों में आँखें गड़ाकर मैंने अपने पैरों को झाड़ा, ठीक किसी रेस के घोड़े की तरह। हल्के से चौंककर घोड़े ने मेरी तरफ़ देखा। मेरे आँसुओं की झिलमिलाहट उसकी आँखों के कोरों में उतर आयी।

नहीं, उसने मुझसे कहा, तुम्हारे पैरों में नाल नहीं ठुकी, तुम अब भी आज़ाद हो। रेस में मत दौड़ो, भाग जाओ। रेस शुरू हो उससे पहले भाग जाओ। भाग जाओ, एक और आवाज़ उसकी आवाज़ से आ मिली। नाल ठुके पैरों के आघात से रौंदी धरती से उठकर चारों तरफ़ फैल गयी। समय रहते भाग जाओ, रेस से बाहर हो जाओ वरना मेरी तरह झूठी आज़ादी के मोहपाश में बँधकर, कनपटी पर पिस्तौल रख गोली चला लेनी पड़ेगी। या प्रगति की भूलभुलैया के बीच खड़ी, किसी गगनचुम्बी इमारत की सबसे ऊपरी मंज़िल से कूदकर शरीर का मलबा बना डालना होगा।

नहीं, उसी क्षण मैंने निर्णय ले लिया, यह नहीं होगा। तुमने मुझे चेताया, तुम्हारी शुक्रगुज़ार हूँ। सिर्फ़ तुम्हारी नहीं, उनकी भी जिन्हें मैं अपना अपराधी मानती रही हूँ। सब मुझे चेता रहे थे, अपने शहर वापस जाने को उकसा रहे थे। उस शहर को नहीं जहाँ से मैं पहले-पहल चली थी। पर उस शहर को, जो मेरे शहर की भटकती आत्मा सँजोये बैठा था। मैं उस शहर में पहुँच गयी। अब मैं हारूँगी नहीं और न भागूँगी निरर्थक रेस में।

एक बार घोड़े के माथे पर अपना सिर सहलाकर मैं वापस मुड़ गयी।

और जो हो, मैं याद रखूँगी मेरे पैरों में नाल नहीं ठुकी, मैं खुले मैदान में दौड़ सकती हूँ। अपना रास्ता चुन सकती हूँ। रेस के ट्रैक पर दौड़ना लाज़िमी नहीं बना सकता कोई मेरे लिए। मैं आज़ाद रखूँगी ख़ुद को उन लोगों के साथ रहने के लिए जो रेस में शरीक़ होने लायक़ नहीं हैं।

बप्पा, तुम फ़िक्र मत करना, कोई नहीं जान पाएगा मैं तुम्हारी बेटी हूँ। अपनी जवाबदेही से मैंने तुम्हें मुक्त किया। और ख़ुद को तुम्हारा स्वीकार पाने की लालसा से। माँ, तुम्हें प्रणाम। पर यह ख़त तुम्हें नहीं भेजूँगी। तुम न जानो तो अच्छा है कि मैं अपने शहर लौट आयी हूँ। और ख़त भी नहीं लिखूँगी। ख़त लिखने की मेरी ज़रूरत आज ख़त्म हो गयी। यह मेरा आख़िरी ख़त है। इसे फाड़ूँगी नहीं। आख़िरी वक़्त आने पर अपने शहर के नाम छोड़ जाऊँगी। उस शहर के नाम, जो मेरा अपना नहीं था पर जिसमें मेरे शहर की आत्मा ज़रूर थी।

□□□